爱那么短，遗忘那么长

木嘉 著

中国华侨出版社

图书在版编目（CIP）数据

爱那么短，遗忘那么长 / 木嘉著 .—北京：中国华侨出版社，2017.7

ISBN 978-7-5113-6910-9

Ⅰ.①爱… Ⅱ.①木… Ⅲ.①传记文学—中国—当代 Ⅳ.① I25

中国版本图书馆 CIP 数据核字（2017）第 151957 号

爱那么短，遗忘那么长

著　　者 / 木　嘉
责任编辑 / 文　喆
责任校对 / 王京燕
经　　销 / 新华书店
开　　本 / 880 毫米 ×1230 毫米　1/32　印张 / 8　字数 /216 千字
印　　刷 / 三河市华润印刷有限公司
版　　次 / 2022 年 2 月第 1 版第 2 次印刷
书　　号 / ISBN 978-7-5113-6910-9
定　　价 / 32.00 元

中国华侨出版社　北京市朝阳区静安里 26 号通成达大厦 3 层　邮编：100028
法律顾问：陈鹰律师事务所
编辑部：（010）64443056　　64443979
发行部：（010）64443051　　传真：（010）64439708
网　　址：www.oveaschin.com
E-mail：oveaschin@sina.com

序言
这一世的相爱相杀

民国逢乱世，乱世多佳人，佳人多摧磨。

平凡如我们，一生中要做无数个平凡的选择。瞻前顾后，生怕一个不小心毁了形象，乱了规矩。陌生，别离，重新开始，都是些多么可怕的词。你是否还敢去争取，此时，此地，此身，最想要的那个。管他什么开花结果，如果求的只是花，那么花便是果。

大概爱情的本质，就是不安。

若她愿意委曲求全，就不会遇见两个完全不同的男人，体味两段不同的感情。幸福又如刀口舔蜜，妒忌，欺骗，无数个难以将息的夜晚，只会使她更勇。表面的地位与荣耀不足以安身立命，她做了冲破桎梏的勇士。

现在你说，这真是个倔强的女人。

可是当有人问她这些问题：

为什么她爱我而我不爱她，我却无法启齿向她直说："我不爱你。"

为什么我深爱一个女子，我却不敢拿出英雄气概，去向她说："我爱你。"

为什么我早有相爱的人，偏会被她将我的心分了去？

为什么我明明知道我若爱她，将使我和她同陷痛苦，而我总去想她？

为什么我一点儿都不知道她对我是否也有同等的感情，我就爱她？

她的回答是，爱和放手，她做得心甘情愿。

这爱情或许只一瞬间，可以因为一句话，一首曲，甚至一个匆匆的眼神交汇。

爱你，你是这世间珍宝。不爱了，便弃如敝屣。

不折腾，还要这漫长的人生做什么呢？

目录

第一章

桑梓之地——美景如画人如花

人的命运，从出生的那一刻开始，或许就已经注定了。你可以是一位名门望族的大家闺秀，抑或是出生在贫苦家庭的众多兄弟姐妹中的一个。你可能生长在寒冷北方，也可能生长于温暖江南。当然，你也可以舍弃这一切好的坏的，重新为自己的命运洗牌。眼前的这些必然是如此了无生趣，你要逃离这些命中注定，去体验未曾感受过的，去过自己想要的生活。你相信，命运掌握在自己手中。可是，你选择的，你想要的，是否就是好的。又有多少人，心甘情愿为选择付出代价。

「 宜兴 」

砂与陶诉说的千年

江南的春天，世间的美景仿佛都汇集在这里了。在太湖西岸，宽阔的河流静静地流过肥沃的平原，层层船帆穿梭在山脚下，像一滴滴的墨迹，悄无声息地晕染在宣纸上。远处的孩子们，手上舞着山上砍下来的竹子嬉笑打闹着。白墙黑瓦的座座楼房隐约在暗灰色的天空下，肃静又一尘不染地错落着。你可以说江南的风景是哀伤的，薄薄的雨雾总是像在低声哭诉。但这江南又如此温暖，可以容纳所有的悲凉往事。

这是蒋碧微和徐悲鸿两人出生的地方，江苏宜兴。

宜兴县城不大，却是个颇具文化气息的地方。宋代大诗人苏东坡曾在宜兴留下"买田阳羡吾将老，从初只为溪山好"的诗句。自古以来，宜兴被称为鱼米之乡，而最闻名的，要属这里的陶与瓷。

远在新石器时代，先民便开始烧制陶器，在丁蜀等地曾发掘出各种商周时期的古陶器皿及残片。据说春秋时代，陶朱公范蠡就在宜兴制陶，众所周知，他和西施也在这里有一段佳话。

传说范蠡与西施到了宜兴，重金收来五色土，并拜访能制陶烧窑的能人，于是召集数十人，范蠡自称"荆邑民"，当时的百姓根本不知道眼前的这个人就是范蠡。在场者献计献策，不久后窑务办起，人心大振，当地百姓都称他们为救星。后人更称范蠡为宜兴兴陶师祖，西施为兴陶师母。但却不知二人也因此招来祸端。范蠡在宜兴大办窑务的事情传到越王的耳中，他为了保住自己的霸主地位，怎么会任由范蠡这等能人抢了风头，于是下了追杀令，最后以张泽自刎收场，于是就有了"张泽桥"。

关于范蠡和西施在宜兴的诸多遗址，都证明了他们确实来过宜兴，并且居住了较长的时间。其中有两处遗址的传说很有趣。范蠡和西施曾在一山洞中举行婚礼，并在洞中生活。西施有一日在山中发现一个很隐蔽的山洞，同范蠡举火把通游后竟发现，这山洞与他们二人结婚的山洞颇为相似，范蠡对西施说："此山洞为夫人所发现，就叫西施洞吧。"西施笑着问："那么，我俩的新婚之洞呢？"范蠡说："我总不好提自己的名字吧。"西施忙说："那就由我来提吧。我因倾慕你的品格和才能，所以此洞应名为慕蠡洞。"由此，这两处遗址的名字传到了今天。

在明代正德年间，宜兴人欧子明在鼎山镇创窑烧陶，世称欧窑。当时县城东南四十里的金沙寺，有个不知名的和尚能制砂壶，这是宜兴砂壶的起始，但手艺不敢说精湛。他制作砂壶的程序是：将细土捏成圆形，作为壶的胚胎，再用工具将中间挖空，接着捏好壶嘴，壶柄和壶盖加于胚胎上，然后入窑烧制。这样做下来的不足就是，由于全是手工作业，壶面上难免会留下手指印记。再后来也有一些制壶高手出现在宜兴，手艺也是越发精湛。

明朝学宪吴颐山先生当时在金沙寺读书，身边带着一位书童叫供春。供春见寺里老和尚很会做紫砂壶，就偷偷学。他用老和尚洗手沉淀在缸底的陶泥，做出很多不同形状的壶。他手制出来的砂壶呈栗色，色泽似古铁，壶面上有螺纹，又有手指手掌的腠理，非常古朴可爱，于是这种仿照自然形态的紫砂壶一下子出了名，人们都叫它供春壶。

后来宜兴的紫砂名家仿制供春壶的人很多，工艺越来越细致，但万变不离其宗，都是按照原来供春原作进行仿制。清末民初时，据说全中国只剩下两把，其中一把还缺了壶盖，自然是珍贵得不得了。供春一时兴起制出的这种茶壶，竟成了稀世珍宝。

另有生于明代万历年间的时大彬，也是宜兴的制壶高手。他对紫砂陶的泥料配制，成型技法，造型设计与铭刻，都极独特。他确立了至今仍被紫砂行业沿袭的用泥片和镶接那种凭空成型的高难度技艺体系。最有特点的是，他还擅长书法，制壶时用刀刻字于壶面上，对属款书法很有些研究。因此供春和大彬壶便是宜兴最名贵的砂壶，于是才有诗云"宜兴作者推供春，同时高手时大彬"。但是宜兴的茶壶销量如此好，而且绝少有仿制品，最重要的原因是别处没有这么好的陶土。所以说，宜兴真是个人杰地灵的好地方。

在宜兴城西南二十公里的螺岩山中，是善卷风景区。善卷洞与比利时之汉人洞，法兰西之里昂洞称为世界三大奇洞。这片景区也被人们作为江南美景的典范。这里风景秀美，气候宜人，洞内景色更是巧夺天工，令人叹为观止。历代名贤雅士、文人墨客留下了众多延唱至今的诗文石刻。

善卷洞分上中下三层，犹如一座石雕的大楼，三国时称"石室"。中洞的钟乳石笋高达七米，仁立在洞口，被称为砥柱峰。石雕的青狮白象立于两旁，雕工精美，惟妙惟肖。上洞因常年云雾弥漫，称为云雾大场。也正因如此，此地冬暖夏凉，温度极其舒服。依然不能少的便是各种石雕景观，坐马立羊，喷水乌龙，荷花倒影，白鹤苍鹰等，令游客流连忘返。水洞是一条弯曲幽深的地下溪河，有一百二十米长。最神奇的是，游客可船行其中，倾听清脆的流水声，眼看灯光倒映在水中，真如人间仙境一般。船行三个弯过后，眼前豁然开朗。游客登岸观赏，岸上有古老的碑亭，各种园林建筑，怪石林立，美不胜收。

在宜兴著名的传说中，有一则叫作"火烧善卷寺"。这传说是说皇亲白松的事。当年白松代皇出家，在善卷寺时为非作歹，残害百姓。后陈氏将此事上告，白松得知后便怀恨在心。陈庄公中举后，入祠祭祖，被奸人下药毒哑，脸上被涂了金色，当作活佛欺骗百姓，白松从中获利。陈家人想办法救出了庄公，将恶毒的白松杀死，并放火烧了善卷寺。康熙得知此事，下诏捉拿凶手，要诛杀陈族。后陈彩公一人投案，当地百姓无不为陈家喊冤。直到雍正即位，将整件事情真相查清，才赦免了陈姓家族，处死彩公。百姓为彩公装了金头，银手肩，用48口棺材，同一天葬在张渚西北凤凰窠。

说宜兴，不得不说的一个传说便是周处除三害。这个故事见于《晋书·周处传》和《世说新语》。明朝人黄柏羽改为《蛟虎记》传奇。周处，字子隐，义兴阳羡（今宜兴市）人。他父亲早亡，母亲过于溺爱他。周处从小身形健硕，武艺高强，不修细行，纵情肆欲，横行乡里。这位小小的少年与南山猛虎，西氿蛟龙被当地乡民合称为阳羡城"三害"。后来这种说法被周处所知，他自知为人所厌，幡然悔悟，自有改意。于是他只身入山射虎，下山搏蛟，经过三天三夜的搏斗，终于斩杀了猛虎和孽蛟。这样一来，城内"三害"皆除。周处除"三害"后，发愤图强，拜文学家陆机、陆云为师，勤学文化，终得到朝廷的重用。他为官清廉，不畏权贵，后受到权臣的排挤，最后战死沙场。死后追赠平西将军，赐封孝侯。而这个故事中，斩蛟的地方，现名为"蛟桥"，这桥的南边，便是蒋碧微的家——蒋宅了。

「 蒋宅 」

赋词在鱼米之乡

蒋家在宜兴属名门望族，无人不晓。蒋宅是宜兴最大的一幢房子。蒋碧微的曾祖父在江西做官多年，回乡时一手建造了这幢房子，一砖一瓦，每棵柱子，都由他亲自挑选。曾祖父蒋诚公，字致斋，在清朝咸丰年间，因作战立功，选任江西临江府樟树镇照磨，他在任期间勤于治理，地方上发展得很好。

当地有一条长堤，将清江下乡和丰城上乡隔开，造成清江下乡水流阻塞，常年发水灾，因此两乡的乡民时常打官司，甚至动武，不少人因此枉死，也影响了人们的正常生活。蒋诚公到任后，组织村民考察河道，修筑堤坝，与百姓同吃同住，最后终将水灾问题解决。

在用人和练兵方面，蒋诚公也颇有远见。清咸丰三年，太平天国起义军秉巨舰由南昌进攻丰城，六年，太平军翼王石达开率军十万余由吉安趋临江、抚州，攻占丰城县城六十天。当时，蒋诚公在当地选拔的壮丁已组成颇具规模的团练，起义军自是不敢来犯，由此保全了整个地区。

后来蒋诚公升任江西新淦知县。当时新淦地区已被太平军攻破有两年。蒋诚公用三个月的时间，勘察地形，了解形式，后以水军渡河汇合官军，一举克复新淦和临江府城。还未来得及安抚地方，这时清廷另派了张鸣岐来接替他的职务。不想这张鸣岐位置还没坐稳，听说吉安方面有溃匪流窜，他竟弃城逃走。蒋诚公遂率团练五百人，将匪军围追堵截，俘虏匪徒多名，并且生擒了他们的首领，张鸣岐闻讯方赶回来就任。后由于张鸣岐没有及时查办余匪，造成湘军八十余人被杀。张鸣岐怕降罪于他，谎报称这事发生在他上任之前。好在湘军方面据实以报，才没有让他的谎言得逞。

按军功论赏，蒋诚公应该升任监司，这时又出现了一点差错。当时的江西巡抚派人向蒋诚公示意，要蒋诚公替他办事，并给他一笔贿赂。蒋诚公自然是拒绝的。这巡抚从此心存不满，在翌年转任广东之前，将蒋诚公弹劾罢官，投入新淦大狱中。好在后来沈葆桢接任江西巡抚，了解了整件事的原委，便将蒋诚公官复原职。

其后，蒋碧微的曾祖父又做过吉水、南丰、萍乡各县的知县，每到一处，都极受爱戴。他不仅是个好官，更是后辈们的榜样。《宜兴县志》上说，他捐助善款，先后不下万金，虽子孙亦不得而知。

蒋碧微的曾祖父有四个儿子，属蒋碧微的祖父年长。祖父讳尊，字醉园，从小便展现出超于常人的悟性。曾祖父在江西南昌任职期间，将蒋尊带在身边，应书院课试，每次都是冠军，因此在那时就远近闻名。光绪二年蒋荸中举人，后因他才华横溢，他的诗被推举为迦陵以后第一人。他的著作有《醉园诗存》廿六卷，《醉园蒕臼词》一卷，《阳羡唱和集》两卷，并曾分修《宜荆县志》。

蒋碧微的二叔祖讳彬若，字次园，亦擅诗词。印行了一部《爱吾庐集》，另著有《次园诗存》六卷，《替竹庵词》五卷。

蒋碧微的三叔祖讳联庚，字弋香。他性格机智果断，在湖南做了二十年的官，只是晚年宦途很不如意，后来又罢了官，由于身上没有路费，没办法回家乡，死在了湖南。

蒋碧微的祖母储慧，字啸凰，是蒋诚公业师储炳焕的女儿。因蒋家世代崇尚节俭，储慧二十岁嫁入蒋家开始，便自己动手做杂物。另外，蒋碧微的祖母极重视对孩子们的教导，不管多劳累，从不忘对蒋碧微伯父和父亲学业上的督促。老人逝世时仅五十七岁，蒋碧微祖父敬重她贤孝，为其写了一百多首悼亡诗。《宜兴县志》列她为才淑第二位，又说她持家有健妇名，事亲更有孝妇声。

蒋碧微的祖母去世后，蒋诚公一直不肯续弦，以怀念亡妻。直到六十三岁时，身旁实在需要人照料，遂娶了一位苏州姨太太。老先生一生正派，不谙官场风习，是极有威严的大家长，也是深受爱戴的官员。告老还乡后，淡然栖居江南山水之间。

「 联姻 」

引凤楼上歌诗唱和

当年在宜兴，蒋碧微的父亲及母亲的结合，蒋戴两家联姻，算是一件盛事。

蒋父蒋梅笙幼时常随其父亲奔波各地，体质较弱，但天生聪颖，自小擅长读书，文章琅琅上口，颇具才气。光绪十四年，蒋父回到宜兴。当时宜兴知县万肖园先生非常赏识他的才华，亲自教授，包括如何做学问，以及书法等。万肖园先生甚至用自己的薪水来奖励蒋父。蒋父在二十五岁初应科举考试，县试和院试都是第一名，其后从古文大家上元颐石公先生习业，并把《韩昌黎全集》熟读六七遍，从此学业突飞猛进。乙巳岁试蒋父再考一等第一，可惜就在那年，满清政府宣布废除科举制度，蒋父就打消了做官的念头。但蒋父并未从此消沉，仍然各处奔走，投身教育及学术。他在宜兴兴办学校，并坚持从事著述，直至七十二岁老人病逝，从无懈怠，这一生都为了学术教育鞠躬尽瘁。

蒋碧微的母亲戴清波在光绪十六年与蒋父喜结连理。蒋母出自书香门第，亦是位才貌双全的大家闺秀。蒋碧微的外祖父戴裕源先生，字鉴泉，宜兴画溪里人。咸丰年间选为知县，曾就任于广东澄海和新会。他在澄海做知县时期，曾解决过一件大事。当时当地有种风俗，有人自称降童，说自己是神降其身，呼风唤雨无所不能，用各种神话迷惑百姓。这些人更是与庙祝串通，要百姓张灯结彩，扮演戏文，否则当地就会发生疫疠。无知民众哪里晓得其中的蹊跷，只得听从指挥，年年如此，劳民伤财。蒋碧微外祖父深知这是小人作怪，无非是在哄骗钱财，便派人把降童抓起来，用刑逼问事实真相。挨了板子的人哪还敢隐瞒，据实说出了真相。从此这迷信的做法在当地消失了，民众也可以正常生活。

同治甲戌年，日本人攻占台湾，对广东海口亦形成了威胁。蒋碧微外祖父清楚澄海是潮州门户，位置十分重要，于是下令在海边支起炮台，以防敌人来袭。他的这种做法得到了众人的称赞：一位书生竟也懂得兵法。后来他在任多年，有勇有谋，所到之处无不被拥护爱戴，在五十岁的时候辞官还乡，安享晚年。由于家境富足，门第又高，晚年过得十分富足。老人还对作诗很感兴趣，和蒋碧微的祖父是很谈得来的朋友。

蒋母出嫁时，家境富足，据说所带的嫁妆里的衣服够穿一生一世，陪嫁的黄金用秤称。出嫁时才十七岁，但端庄大方，高贵稳重，举手投足都很合规矩，因此嫁入蒋家后与蒋家上上下下相处和睦。当然，这和从小所受的教育是有很大关系的。蒋母小时候并未读过什么书，但毕竟从小受到长辈的熏陶，领悟能力很强，又勤学好问。

自从嫁入蒋家，蒋父便在得空的时候教蒋母一些作诗的方法，给她推荐一些好书来读。渐渐地蒋母对作诗也有了一些心得。婚后的蒋父蒋母十分情投意合，也越来越有默契。当时二人住在楼上，将居室取名为"引凤楼"。另外在他们的房里还挂着一幅《吹箫引凤图》，因他二人都会吹箫，他们所唱和的诗，后来命名为《引凤楼诗草》。后来这些遗作，都由蒋碧微收藏着。从这些诗中可以看出，当时的蒋父蒋母恩爱非常。

除了写诗，蒋父蒋母都喜欢音乐。蒋父天生一副好嗓子，后来还学会了京剧，每次亲友聚会，都要请他高歌一曲。那时候中国歌曲很少，蒋父唱的多数是日本曲子，中国歌词。后来上海商务印书馆开业，从外国运来一批手风琴，蒋父派人到上海买回来，自学拉琴，后来竟拉得越来越好，那些年家里始终飘扬着音乐声。正因如此，蒋家这一代的几个孩子，都是从小就对音乐感兴趣。蒋碧微儿时由父母教授学会了弹钢琴，多年以来一直勤于练习，不曾懈怠。后来她到欧洲时，也曾拜师学过提琴和钢琴，这些乐器成了她的精神伙伴，一直陪伴着她走过不平凡的岁月。

原生家庭对一个人性格的塑造，甚至婚变观的形成，都有着巨大的作用。在将碧微心中，婚姻生活本该如父母亲那般，你唱我和、欢声笑语。夫妻之间，应当有说不完的话。反观后来她与徐悲鸿之间截然不同的生活观，无话可说的沉默，似乎已注定了背道而驰的结局。

光绪十七年，蒋碧微祖母储太夫人病逝。光绪十九年五月，蒋碧微的大姐出生。二十年冬天，蒋母又生一子，然而不过三天便夭折。二十三年春，蒋碧微哥哥钟灵出生，蒋父十分偏爱这个儿子。不幸的是当年十月蒋母带儿子回娘家，孩子得病过世。蒋父心痛至极，哀伤地叹道："反躬自问，不知何事获罪于天下，而夺吾爱之酷也，呜呼，伤矣！"五年后，蒋家添一子取名天麟，只是不到两岁又殇。蒋父蒋母都十分痛心，并作了长诗，以怀念天不假年的孩子们。

「 童年 」

那一棵盛放的海棠

　　光绪二十五年，即一八九九年，二月二十九日，蒋碧微出生。恰巧家里东书房的海棠开得甚是好看，小枝粗壮，香气不浓，蒋碧微的祖父便给她取名棠珍，字书楣。蒋碧微小时候每到东书房，都要指着台上海棠说："这是我的花。"而她的性格也像这海棠一样，沉稳而不妖艳。

　　童年的蒋碧微，出落得亭亭玉立。受父母的感染和家庭教育的熏陶，蒋碧微可谓是十足的大家闺秀，虽少言讷语，可又心思敏锐，她不是抢眼的那种美，大鼻子，有点肿眼泡，整体看起来又是精致可人，谁见了都会夸上几句。这种不招摇的美，加上才气过人的父母精心的教育，她好似一棵玉兰，耐人寻味。

　　蒋家各房的孩子众多，于是设了一所家塾，把这些八九岁左右的孩子们拢在一起授课。请来的是一位姓吴的先生，束脩由各房自送，并且轮流供应伙食。一起听讲的年纪稍大的，除了蒋碧微的八叔，还有老师带来的两位路姓和任姓的同学。蒋碧微是七岁开始进书房，算是比较早了。每天和大家一起在书房里读书，一天六七个小时，最开始是认方块字，描红，写九宫格，后来开始读《千字文》。蒋碧微的父亲不赞成女孩子读那些《论语》《孟子》，所以让她读《世说新语》《虞初新志》那一类有故事的书，也或许是这些书的影响，蒋碧微从小就感情丰富，心智成熟。

这样读了两年家塾，蒋碧微的父亲在当地设立了女子两等小学，并担任校长，蒋碧微便顺理成章地成为了第一届学生。学校距离家里很近，她每天都是步行来往。除了学校里教授的内容，父亲也会从外面买来新编课本教给她。逐渐认字多了，蒋碧微迷起了小说。奇怪的是，到了十二三岁，蒋碧微已经读过了《三国》《水浒》《西游记》，却对《红楼梦》一点也不感兴趣。

当时的蒋碧微体质羸弱，时常发病。有一段时间患上了疟疾，时冷时热，每三天发一次。那时人们不懂这是传染病，也没什么特效药，按照迷信的说法，这是被鬼附了身。于是每次发病前，家里的老女佣都将她背到城隍庙里去玩几个钟头，据说小鬼不敢进入这里。这种方法当然不能治病去根，这病还是断断续续折磨了她三年。

虽是时常生病，儿时的蒋碧微也是相当顽皮。在书房里坐不住了，便和其他人溜出来胡闹一番。有时被发现了，也会被老师骂回去。而最让她难忘的，便是家乡的年。

　　蒋家人口众多，过年自然是件相当热闹的事。对于孩子而言，过年最期盼的一定是各种各样的吃食。宜兴本地人喜欢腌菜、腌肉，做好了挂在窗外，才觉得年味近了。从农历二十三开始，家家户户择日打扫卫生准备过年。有一项很重要的习俗叫作"掸檐尘"，掸去灰尘，更掸去晦气，期盼新的一年吉祥如意。按照老宜兴的皇历，腊月二十四为"灶神"上天奏事之日，所以腊月二十三的夜晚，家家户户要"祭灶"，有的把灶王爷的龛供奉在祠堂，更多的是把灶王爷的神像贴在厨房灶头上，供上最好的食物，丰盛程度不亚于年夜饭。腊月二十四则要"送灶"，供上米粉团，据说为了让他黏上牙齿，不说人间的坏话。这团子分红白绿三种，有馅，馅也分甜、咸、肉三种，当地人都非常喜欢吃。此外还要为过年准备年糕、炒花生、桃片、胡桃、酥糖，各种吃食成批地买进。当时的大户人家采购年货，数量是相当惊人的。大年三十这天，蒋碧微的父亲及叔伯们会将祖宗神像挂好，孩子们也很乐于听大人们讲述祖先的生平事迹。

　　大户人家自然是事事有着规矩。过年祭祖，更是穿戴整齐，长幼有序，垂手肃立，这可以说是一年中最隆重和严肃的活动。由辈分最高的，蒋碧微的祖父率领，由上至下一一磕头行礼。接下来便是年夜饭，这是最团圆的时刻。小辈向长辈磕头，长辈给小辈压岁钱。当时的压岁钱比如今要丰富多了，每人一盘干果糕饼，最上面是用红头绳穿的制钱，孩子们收了乐开了花。当然，整个新年对孩子们的要求也很多，这样那样的规矩是一定要守的。初一一大早，孩子们换新衣，吃糖糕，除旧更新，平安顺遂。

　　蒋碧微的长姐是在光绪二十九年出生的，因生于五月，取
名榴珍，字文楣。宣统三年，长姐出阁，嫁给同县的程伯威先
生，其父亲是宜兴的名士。姐夫从复旦毕业后，又到日本留学，后
与几个朋友合办学校，在当地颇负盛名。蒋碧微的父亲对这门
婚事很满意，却没想，最让他无法接受的婚事，会发生在蒋碧微
身上。

第二章

初见爱情——青青子吟，悠悠我心

年轻的心总是狂热的。想爱就爱，无暇考虑太多，就一意孤行地认定谁是自己终身的依靠。徐悲鸿对于蒋碧微来说，是新奇又神秘的，她把越来越多的心思用在了这个男人身上。一九一七年五月，告别了养育自己近二十年的父母，蒋碧微跟着这个并不是很了解，又没有过太多接触，但却能让她死心塌地的画家徐悲鸿，登上了开往日本的海轮。此刻在他们心中，除了对方，以及对新生活的向往，其他的事，只能暂且抛之于脑后了。蒋碧微已经无法顾及自己的出走将会给蒋家这样一个大家族带来怎样的影响，这颗年轻的心想要追求的，那里已经不能满足了。

「 定亲 」

初见倔强的自己

蒋碧微在女子两等学校毕业以后，跟随父亲到了上海，住在西门外林荫路增祥里三十八号。住了有一段时间，宜兴传来消息说两等女子学校增设初级师范，由蒋碧微姐夫的母亲潘逸如女士担任校长。蒋碧微遂返回宜兴继续升学。

蒋碧微十三岁，时值一九一一年，遭遇了一件大事，即父母为她定了亲。这桩亲事实际上是她四叔家的堂姐做的媒。江苏查家和蒋家是世交，这位堂姐嫁到查家，觉得查家的小叔查紫含先生和蒋碧微年貌相当，于是便向蒋母提起了这事。查紫含的父亲查亮采先生曾做过荆溪知县，亦能诗善文，颇有些才华。当时在宜兴和蒋碧微的祖父、伯父及其父亲都是相交甚好，一起作过不少诗词，蒋碧微的两位堂姐，都先后许配到了查家，彼此也都认为是很值得信赖的交情。因此当四叔家的堂姐提及此事，蒋碧微的父母都毫不犹豫地答应下来。只是当时的蒋碧微还是个孩子，并没有觉得这是一件多么要紧的事。

一九一五年初，蒋碧微祖父已是八十一岁。某天面颊上突然生出一颗肉瘤，当时病情不算严重。蒋父蒋母带着儿子回宜兴探病。由于蒋父当时在校任教，不能在宜兴耽搁太久，就先行返回上海，留下蒋母在祖父身边侍疾。到了四月初，蒋碧微祖父病情日益加重，家里急忙打电报给蒋父，请他速速回家。蒋父在深夜接到电报，第二天就向学校请了假，火速赶回家中，不料却晚了一天，祖父已经过世。后来蒋父每次提及此事，都是万分悔恨。

在宜兴，做丧事也是极多的讲究，白事的隆重不亚于红事。家里人去世当天，要叫来"百家奴"，立刻向亲朋好友们报丧，并且家中所有的大门都要一起打开，以便迎接前来望丧的人们。第二天要请阴阳先生过来推算大殓的时间，蒋碧微的祖父就是在当天酉时入殓的。大殓之前由百家奴给死者净身和殓棉。净身的水必须是孝子带着香烛到河边取水，或者到别人家买。取水或者买水的时候孝子还要磕头行礼，表示自己的诚心。殓棉是用丝绵做成套子将死者全身套起来，据说这样做是因为丝绵不易腐烂，套在身上可以保持尸骨的干燥和完整。套住丝绵之后，再给死者穿上衣服，这衣服的数量也是有讲究的，必须是单数。蒋碧微的祖父当时穿的是九件的前清官服。入殓之后，要开始在灵前供上香案牌位，摆一张有靠背的椅子，将死者生前常穿的一件衣服挂在椅背上，看起来像是人在穿着的样子，以此来纪念死者。这之后逢七就要上供。正式的葬礼，则是在这七个月之后举行的。

后来在蒋碧微的那位未婚夫查紫含身上发生了一件事，虽是一个无伤大雅的错误，却让蒋碧微对他产生了反感。自从两家都知道了这门亲事，即便没有正式定亲，来往也会稍微密切了些。起初查紫含是在苏州求学，后得知蒋父在上海复旦大学任教，便转学到复旦大学学习。查紫含有一个弟弟和蒋碧微的弟弟丹麟同班，因此经常到蒋家来玩。有一年暑假的大考之前，查小弟跑到蒋家，说他哥哥想向蒋父要一份国文试题。蒋碧微知道以后很恼火，心想这查紫含真是没有大出息，一个小小的考试竟然也要作弊，何况两家是这种关系，他竟能提这样的要求。从那时起，蒋碧微对这个素未谋面的未婚夫的印象一落千丈，对这门亲事自然也不看好。

「 遇见 」
假如爱有天意

蒋碧微第一次见到徐悲鸿，是在宜兴的家里。那一次徐悲鸿到蒋家来拜访蒋碧微的伯父。蒋碧微先前听说过这个人，大家说他名字取得怪，也曾做过一些怪事，因此蒋碧微好奇地上前看了一眼，并没有太多的印象。

后来徐悲鸿到了上海，当时有一位同乡朱了洲先生，经常到蒋碧微家里向蒋父请教学问，徐悲鸿便是他引荐来的。相处得多了，蒋碧微发现，徐悲鸿是个很容易相处的人。蒋父作一首诗，他在一旁连连称赞，蒋母烧好一道菜，他忙夸赞是"天下第一"。同时蒋父蒋母也对这个独自在异乡漂泊的晚辈很是照顾，加上他有才华有品德，深受蒋家人的喜爱。逐渐地，蒋碧微对徐悲鸿的身世也有了进一步的了解。

徐悲鸿一八九五年七月十九日出生在一个属宜兴县管辖的小镇屺亭镇。徐父徐达章，号成之，自幼家贫，自学绘画，成为当地的一位画师。此外他还擅长书法、篆刻、诗文，不管是山水画还是人物画，都栩栩如生，为人淡泊不求名利。徐悲鸿六岁时便想跟着父亲学画，但徐父不许，他告诉徐悲鸿，若想成为一名好的画家，首先要学好知识，因此他的首要任务是刻苦读书。徐悲鸿在父亲的引导下，九岁就读完了《诗》、《书》、《礼》、《易》、《四书》、《左传》。从这时，徐父才开始教徐悲鸿临摹其他人的画作。

后来，徐父带着徐悲鸿到大自然中写生，教他如何画人物。然而那个时候徐父仅靠卖画根本无法维持基本的生活，只能带着徐悲鸿耕种瓜田。劳累还是其次，小小的徐悲鸿最在意的是，由于家里实在贫困，他不能像其他孩子那样进学校读书。每次看到同龄的孩子们欢天喜地地走进学校，徐悲鸿都是满心的落寞。这一切也被徐父看在眼里。他心里明白，在民不聊生的旧中国，画画是吃不饱饭的。无奈生活越发艰苦，最后更是忍痛卖掉了家里的两亩瓜田用以度日。

然而不幸总是一个接着一个。屺亭镇突发洪水，乡民匆忙奔逃。待他们回来时，家乡已成了一片汪洋。徐父只得带着徐悲鸿到外地谋生。那一年，徐悲鸿十三岁。这一路流浪，父子二人靠卖画维持生计，徐悲鸿长了不少的见识，也体味到更多的人情冷暖。出于对艺术的热爱，徐悲鸿每到一个地方，都会刻意留意那些珍贵的艺术品，哪怕是复制品，也强烈震撼着他。渐渐地，徐悲鸿也形成了自己的一套绘画风格。他想，若有一天能到欧洲学习美术该有多好！

然而想象中的生活与现实总是有太大的差距。徐父由于长期奔波，身体每况愈下，全身浮肿，只得带着徐悲鸿返回了家乡。在徐悲鸿十七岁时，父母给徐悲鸿定了亲，起初徐悲鸿十分不愿意，但他更不愿违背父亲的意愿，只好同意。女方是邻村的一个穷人家的姑娘，体弱多病，婚后生下了一个孩子。

由于徐父病得只能卧床，徐悲鸿便挑起了生活的重担。当时他已经在当地有些名气，三所学校邀请他做图画老师。他全都接受了。一是宜兴城内的初级师范，另外两所学校在离城三十里的和桥镇，一为彭城中学，另一所是始齐女学。

宜兴是水乡，船是最便利的交通工具，这三所学校相距较远，徐悲鸿为了省钱从不坐船，而是步行。每次到和桥镇上课，他午夜就起床赶路，一口气走三十里，甚至路过家门口，也顾不得进去看看。而在赶路时，眼前的朦胧月色，身边美丽的风景以及童年的牧牛生活，都成为了他日后作画的灵感。

为了给父亲治病，家里卖掉了所有能卖的东西。然而有一天，母亲竟拿出一件绸衫要徐悲鸿穿着参加婚礼。原来母亲未出嫁时曾养蚕，她的心愿就是给头生子做一件绸衫。徐悲鸿看着这精致的衣衫，根本舍不得穿，他想将衣服卖掉给父亲治病，被母亲阻止了。最后，徐悲鸿只得听了母亲的话穿着这件衣服去参加了婚礼。可是命运是如此捉弄人，在婚宴上不知是谁的烟头掉在了徐悲鸿的衣服上，直到绸衫冒了烟才被发现。徐悲鸿沮丧极了，觉得对不起辛苦为他缝制衣服的母亲。这件事对他打击很大，以致此后徐悲鸿再不穿绸衫，也绝不吸烟。即便是后来日子过好了，他也一直穿布衫。

徐父卧床两年，最后耗尽了生命。弥留之际，他将徐悲鸿叫到床前说："我们是两代画家了，后来居上，你应当赶上和超过我，超过我们的先辈……要记住，业精于勤……生活再苦，也不要对权贵折腰，这是你祖父说过的……"

徐悲鸿跪下来，倚着父亲的床沿，和母亲及弟弟妹妹们失声痛哭。之后，徐悲鸿借了钱埋葬了父亲，从此他成了没有父亲的孩子，但是父亲的绘画技能和淡泊正直的品德深深地影响了他一生。他永远不会忘记，在他们父子二人每天还在为吃饭发愁的时候，父亲依然舍出钱财接济路上遇到的贫苦的陌生人。他也会永远记得，父亲第一次教他用画笔，告诉他如何作画，更是如何做人。

这之后，徐悲鸿决心去上海，寻找半工半读的机会。他首先想到了在上海中国公学担任教授的同乡徐子明先生，将自己的绘画作品寄过去，希望能得到他的帮助。徐子明先生将画送到上海复旦大学给校长李登辉看，李校长大加赞赏，当场许诺可以为徐悲鸿安排工作。徐子明赶紧写信催促徐悲鸿到上海。徐悲鸿收到信，兴奋异常，立即辞去了三所学校的职务，收拾行李启程了。这一年，徐悲鸿二十岁，穿着蓝布长袍和一双戴孝白布鞋，赶往这个梦想中的城市——上海。

在上海，徐悲鸿看着这五光十色的世界，那些他不敢踏入半步的商店，守卫森严的外国洋行，穿着讲究的高贵人群，这一切都与家乡那么的不同，又仿佛是两个世界，而他，又是多么的渺小与卑微。在这个城市的另一边，他也同样看到了饥饿与贫困，看到了如同在家乡一样的人们，如同他父母一样的，在挣扎着生存，为了一口吃食辛劳地工作着的贫苦人。

几天之后，徐子明先生带着徐悲鸿去见李登辉校长。徐悲鸿一路盘算着，进入复旦大学任教后，要怎样安排时间，既可以专心学画，又能多赚些钱生活。心里虽有些紧张，更多的还是激动。此时的他对未来充满了希望。哪知事情并不如他期望的顺利。李校长见了徐悲鸿，低着头打量他片刻，低声和徐子明说："这个人看来还像个孩子，如何能工作呢？"徐子明马上争辩说："只要他有才艺，你何必计较他的年龄呀！况且，他是辞去了三个学校的教职而来的呀！"见李登辉低头不语，两人只好告辞。

不久之后，徐子明去了北京大学任教，而徐悲鸿一直等待着复旦大学的消息。他写了几封信给李校长，都没有收到回复，只好作罢。没有工作，吃饭都成了问题，早先的期望与抱负就像自己干瘪的肚子，毫无生气。想念家乡的一草一木，更想念自己淳朴的母亲和弟妹，可是这样无用的自己，拿什么回去养活他们？

正在发愁之际，又收到徐子明先生从北京寄来的信，信中推荐他去找商务印书馆《小说月报》的编辑恽铁樵先生，请他帮忙找份工作。多日来的阴霾已压得徐悲鸿喘不过气，如今总算是有了一丝希望。徐悲鸿急忙带着自己的画和徐子明的信找到这位编辑。对方答应帮忙介绍。又等了几日，恽铁樵先生告诉徐悲鸿，工作的事成了！商务印书馆同意让徐悲鸿担任给中小学教科书画插图的工作，并且他还可以搬到商务印书馆的宿舍里居住。

徐悲鸿喜出望外，迫不及待地回到租住的旅馆，怀着激动的心情给母亲写信，告诉她自己有了工作的机会，让母亲不要挂念。他仿佛看到了母亲读信时欣慰的神情。同时，他写了一封信给徐子明先生，感谢他这段时间的帮助。之后，他冒雨将信投进了邮筒。

回到旅馆正要休息，突然响起了急促的敲门声。原来是恽铁樵先生。他手里拿着个纸包，脸色很难看。他告诉徐悲鸿，工作的事没有办成。徐悲鸿拿过纸包，见里面除了自己的画以外，还有一个名叫庄俞的人写的批注：徐悲鸿的画不合用。犹如五雷轰顶，徐悲鸿感觉自己的心在一点点下沉。这几个字，像一把把的尖刀，戳得徐悲鸿体无完肤。他绝望地狂奔到黄浦江边。这滔滔江水，在夜里仿佛怒吼一般，和他的心情多么地相似。他这样一个出生在贫苦人家的孩子，这些年只是很单纯地做着画画的梦。而这个陌生的城市，看似充满了希望的光，却一次次地将他推入绝望。想到过世的父亲对自己的期望，想到年迈的母亲在家中日夜的操劳，还有弟弟妹妹还在等待着自己赚钱养活，而如今的自己，拿什么再去见他们？这个世界真的如此冰冷么？为什么给了人希望，又要毫不留情地夺走？想到这儿，徐悲鸿恨不得飞身坠入这滚滚的江水中结束自己的生命。

但是他不能，因为他还想到两个字：责任。就算是为了最亲的人，也要勇敢地支撑下去。

徐悲鸿垂着头走回了旅馆。旅馆老板看到他这副模样，猜想到他定是还没有找到工作。这精明的生意人对徐悲鸿说："年轻人，我今天已将你的床位租给别人了。"徐悲鸿实在无力支付已拖欠了一个星期的房钱，只好将行李抵押给老板。

绝望中的徐悲鸿不知自己该何去何从，沉重的脚步却本能地朝着故乡走去。

回到屺亭桥，远远望见居住了多年的破旧小屋，仿佛一阵风就能将这屋子吹倒。见到了在田间劳作的弟弟妹妹，徐悲鸿多希望靠自己努力，能让他们过上好日子。多年来徐悲鸿与母亲仿佛形成了默契，不向对方诉说自己的辛苦，但是这份苦，谁又会不清楚呢。正是这眼前的一幕幕，刺得徐悲鸿更是暗下决心，一定要让家人吃饱穿暖，一定要活出个样子来！

徐悲鸿将自己的遭遇倾诉给镇上的一位医生。这位医生很是爱惜徐悲鸿的才华，但毕竟自己能力有限，最后他召来镇上一些经济条件稍好的朋友，你一点我一点地筹集了为数不多的费用，资助给徐悲鸿。徐悲鸿拿着这来之不易的钱，心情始终无法平静。他想，若是自己这一生碌碌无为，真是对不起这些善良的乡亲们。

　　虽然经济拮据，徐悲鸿还是在家乡和亲人一起度过了除夕。没有了父亲，这个家也不再完整，徐悲鸿常常望着父亲的照片心痛。这时一位做蚕茧生意的同乡唐先生要去上海，徐悲鸿便和他一起动身，打算先到上海，再到北京试试运气，希望能找到合适的工作。

　　到了上海，唐先生忙于洽谈生意，徐悲鸿则在旅馆读书作画。冬日的江南，雪花纷飞，却也是满眼的绿色，就像徐悲鸿此刻的心情，绝望中透着希望。而眼前的美景又怎能逃得过一个画家的眼睛。徐悲鸿拿起画笔，画了一幅写生的水彩画——雪景。这幅画生动地展现了白色世界中人们感受到的寒冷。他将这画裱在镜框里，准备托唐先生回家乡的时候带回去，送给曾经资助过他的一位史先生。

　　这时，一阵叩门声响起，原来是唐先生的一位生意伙伴来找唐先生谈些事情。徐悲鸿将这位中年人请进来。在等待的过程中，中年人留意到墙上的画，一边吸烟一边入神地看着，不住地点头称赞道："画得如此逼真，真是一幅少有的佳作啊！"接着，他问徐悲鸿："请问，你知道这是哪位画家的手笔吗？"徐悲鸿慢声应道："是我画的。"

　　中年人被徐悲鸿的回答震惊了，他抬眼又望了望墙上的画，再看看眼前这个身材瘦小简直像营养不良的年轻人，惊叹道："看你还像个少年，想不到竟有如此的绝技。我想买下这幅作品，你肯割爱吗？"有人能欣赏自己的作品，徐悲鸿自然是欣慰的，但是他就是这种人，不会为了钱改变自己的初衷。他向中年人讲明了这幅画是要送给曾经帮助过他的一位先生。在交谈过程中，中年人听说徐悲鸿有想去北京的想法，立刻劝他说，北京如今这个季节天寒地冻，他的衣衫如此单薄，定是扛不住寒冷的，何况上海一样有很多的机会。徐悲鸿执拗地说，他想去北京这座古城看一看，特别是想看看那些雄伟的宫殿。正说着画，唐先生回来了，便和中年人谈起生意上的事，于是徐悲鸿退出房间，到街上转了转。

再回来时，客人已经离开了。唐先生高兴地告诉他，刚才那位中年人叫黄震之，吴兴人，是一位酷爱艺术并且颇具鉴赏力的书画收藏家，还是位小有成就的商人。黄先生看过徐悲鸿的画之后很喜欢，表示愿意帮助解决徐悲鸿生活上的困难。徐悲鸿又提起自己去北京的想法，唐先生苦苦相劝，不想徐悲鸿到了北京还要为吃饭发愁。徐悲鸿考虑到自己的现状，便接受了唐先生的意见。

黄先生在商界的一所俱乐部里长期租了个房间，用作平时休息。后来这个房间就给徐悲鸿住着。虽然这里的环境和出入的人们让徐悲鸿十分厌恶，但总算能有个落脚的地方，每到深夜人们散去，他还可以用心画画。住的地方解决了，但是生活费依然没有着落，那段时间徐悲鸿往往一天仅吃两个粢饭团充饥，时常饿得拿画笔的手都要发抖。最困难的时候，他将自己的布马褂，当了四十个铜元。后来徐悲鸿经人介绍认识了商人阮先生，并由他资助进了复旦大学半工半读，同时介绍了几个朋友的子女跟着徐悲鸿学画，这时徐悲鸿的境况总算是好了一些。

有一天，徐悲鸿看到明治大学在报纸上登广告，公开求仓颉画像。传说仓颉有六只眼睛，四目灵光。加上想象，徐悲鸿画了一幅仓颉画去应征。这一画竟引起了关注，明智大学联系到徐悲鸿，邀请他继续为其作画。

在明智大学，徐悲鸿陆续认识了康有为、王国维等人，并时常参加学校内举办的书画展览，使他进步飞速。通过作画，徐悲鸿得到了明治大学一千六百元现洋，这些钱更坚定了他去日本学习的决心。

徐悲鸿的这些经历，在从小局限在家里的蒋碧微看来是多么的惊险又神奇。十八岁的她一方面被徐悲鸿坚强不服输的毅力所打动，另一方面，她厌倦了每天重复的枯燥生活。她的心蠢蠢欲动，也想去外面的世界看一看。

「 定情 」
他许她未来太太的名字

徐悲鸿刚来到上海的时候，其实是瞒着家里的。母亲托人到上海来找他，而当时徐悲鸿一直用着假名字黄扶，因此才没有被找到。幸好家里有几亩地可以维持衣食。后来徐悲鸿的二妹嫁了一位木匠，这木匠将徐家前面的三间门面打通，成了一间木匠铺，家里的生活稍微好了一些。等徐悲鸿进了明治大学，才和家里联系，并不时地寄些钱回去。

徐悲鸿在上海，出入蒋家越来越频繁。当时十九岁的蒋碧微，貌美肤白，又有大家闺秀的风范，而她对徐悲鸿这个稳重又多才的异性也是越发地产生好感。虽然在当时，他们两人不可能有机会单独相处，但蒋碧微会处处留意他的举动。每次父母提起徐悲鸿，蒋碧微表面装作不在意，实则都很留心。

有段时间，徐悲鸿的太太在老家得了重病。大家心里明白，徐悲鸿对这位太太其实没有太多的感情，家里不断催促他回去，他亦是犹豫不决。他的一位朋友劝他，不管两个人感情如何，毕竟她是你的太太，如若你不回去见这最后一面，将来定会后悔。徐悲鸿这才决心回去。谁知到了家中，家里人已经把他太太送到常州看病，一来一回还要好几天。徐悲鸿没有等，直接返回了上海。不久后他的太太病逝，留下儿子由祖母带着，后来在七岁时也因为出天花而夭折。

　　有一天，蒋母对蒋碧微说起，查家明年就要来迎亲了。待母亲下楼后，蒋碧微突然失声痛哭起来。她这复杂的心情，恐怕只有自己才明白，可是她又能与谁说呢？正巧这时徐悲鸿回来找寻忘在这儿的手帕，看到蒋碧微哭得伤心，也知道她为何哭。他没有多说什么，拍拍她的肩膀说："不要难过。"就走了。恐怕从那时起，徐悲鸿已清楚了解了蒋碧微的心事。当时的徐悲鸿已决心东渡日本，每天专心于绘画，也无暇顾及太多。然而这两人的心思，早已被朱了洲先生看穿。他自告奋勇要帮二人穿针引线。

　　有一天，朱了洲突然问蒋碧微："假如有一个人想将你带到国外去，你去不去？"蒋碧微立刻就想到这个人定是徐悲鸿，于是她毫不犹豫地回答："去！"在得到她的肯定回答之后，徐悲鸿想到这世上有一位如此美丽出众，又大胆反叛的姑娘肯跟着自己远渡重洋，内心无比兴奋。蒋碧微亦是很惊喜徐悲鸿竟然会想到带着她到日本去，仿佛做梦一样那么的不真实。

　　但在那个时候，解除婚约是一件不小的事，也不是蒋碧微自己说了算的，唯一的办法，就是私奔。

　　这之后徐悲鸿私下为她取了个名字：碧微。（在此之前一直叫棠珍，本书为了便于叙述，始终用蒋碧微）还请人做了一对水晶戒指，一只上刻"悲鸿"，一只上刻"碧微"，并把"碧微"的戒指整天戴在手上，每当有人问起是何寓意，他都神秘地说："这是我未来太太的名字。"若人家再追问：那你的太太是谁呢？他只是笑，并不回答。

「 出走 」
迈向艰苦的旅途

徐悲鸿开始积极准备出国的事情。身边的朋友包括蒋家，得知他要出国的消息都纷纷帮他饯行。徐悲鸿告诉大家，他某月某日启程，实则根本还留在上海，悄悄地在为蒋碧微办理出国手续。除了这些，体贴的徐悲鸿还为蒋碧微买了生活用品，并做了一些衣服。毕竟是艺术家，他挑选的样式和颜色都不俗，蒋碧微后来看到了也都很满意。大家都觉得，徐悲鸿奔向新生活了。只是蒋父蒋母万万没有想到，和他一起奔走的，还有自己的女儿。

当时徐悲鸿因住在康有为先生家中，因此和蒋碧微出走的事，康家是清楚的，除此之外就只有朱了洲和两个当事人知道。由于联系不便，徐悲鸿和蒋碧微只能通过其他人传递书信互通消息，有两次他约她到辛家花园去见面，蒋碧微便向学校请了假前往。

徐悲鸿很快办好了两人的船票，一九一七年五月十四日清晨驶往长崎。十三日这天，蒋碧微接到了徐悲鸿的通知，要她当晚天黑以后悄悄离开家，雇一辆黄包车，到爱多亚路长发栈找他。知道蒋碧微没有单独出过门，细心的徐悲鸿特意嘱咐，雇车的时候要找留着辫子的车夫，这种人比较老实可靠。

徐悲鸿和朱了洲为了这次出走商定好了计划。在蒋碧微离家的这天，朱了洲先生特意邀请蒋父蒋母出去吃晚饭，饭后再去听戏，这样家里就剩蒋碧微一个了。她写了一封信准备留给父母，信中并没有明确说出她和谁去了哪里，只是含混表示自己感觉人生乏味，再无留恋，颇有要自杀的意思。等到傍晚六点多，蒋碧微看天色暗了，便将信放进母亲平时经常开的抽屉里。之后，内心忐忑却又激动万分的她，迈着步子匆匆离去。出了门，叫了一辆车，说了地址，便朝着徐悲鸿住所的方向奔去了。

到了长发栈，见到了朝思暮想的他。虽然两人一直筹备着出走的事情，如今见到蒋碧微真的来了，徐悲鸿还是很激动的。那一夜，蒋碧微戴上了刻有"碧微"二字的戒指，从此她的名字也改成了"碧微"。

可是，年轻的心总是雀跃又浮躁的。很多时候我们无暇考虑太多，就一意孤行地认定谁是自己终身的依靠。徐悲鸿对于蒋碧微来说，是新奇又神秘的，她把越来越多的心思用在了这个男人身上。

一九一七年五月，告别了养育自己近二十年的父母，蒋碧微跟着这个并不是很了解，又没有过太多接触，但却能让她死心塌地的画家徐悲鸿，登上了开往日本的海轮，开始了同居生活。此刻在他们心中，除了对方，以及对新生活的向往，其他的事，只能暂且抛之于脑后了。蒋碧微已经无暇顾及自己的出走将会给蒋家这样一个大家族带来怎样的影响，这颗年轻的心想要追求的，那里已经不能满足了。

第三章

远渡重洋——他为艺术而活她为他而活

蒋碧微最终还是选择放弃了小提琴，买了那件漂亮的大衣。她把兔毛大衣穿在身上，光亮的皮毛，新颖的款式，合身的剪裁，一切都那么完美，蒋碧微觉得自己整个人立刻明艳起来。她步履轻盈地走在徐悲鸿旁边，展现出久违的笑容。

　　徐悲鸿看着穿着高贵的妻子，突然觉得很陌生。他这时才真正意识到，也许他们之间最大的差距不是年龄问题，也不是受教育程度，而是对生活的追求。他们的人生目标如此的不一致。或许有一天，他们会因为这种不一致而分开。想到这里，一种莫名的悲伤在他心中蔓延开来。

「 奔走 」
为爱而行

　　海轮缓缓驶出了黄浦江口。二人甜蜜依偎在栏杆旁边，眼睛望着他们要开始新生活的方向。徐悲鸿的心里极希望能快点到达彼岸，他已经迫不及待要去了解这个邻国的历史文化。而蒋碧微，她没有什么太大的目标和抱负，她的眼里全都是身边这个有才华又对她无微不至的男人。只要有他在，去哪里，做什么，都是这世间最吸引人的。不多久，天气恶劣了起来，风浪越来越大。蒋碧微初次体会到海上航行的滋味，原来是这般难受。黑云压得很低，船上又湿又冷，波涛撞击着船身，船便剧烈地晃动。蒋碧微感到头越来越晕，忍不住呕吐起来。徐悲鸿连忙照顾着怀里的人，可是没过多久，他也开始晕船了。

　　虽然一直呕吐得胃里很空，蒋碧微还是完全没有食欲。徐悲鸿哄着她无论如何也要吃点东西，否则会更难受。待风浪小了一点，船行稍稳了，蒋碧微起身和徐悲鸿一起到餐厅用餐，总算是有了些进食。

这样一路到了东京，二人疲惫至极，赶紧找了个旅馆住下来。蒋碧微想，他们今后就要在这个地方一起生活了。看看身边这个陌生的但又充满魅力的男人，她甚至有种在梦中的感觉，这一切是这么的不真实，仿佛随时会惊醒一般。这之后的人生，她都要依赖着这个男人，快乐或者不快乐，都要在一起了。而在徐悲鸿的心里，想的更多的是，何时能开始了解和学习日本艺术。

在东京，蒋碧微感到了生活的处处不便。好在二人到东京后不久，认识了无锡人龚先生，并由他介绍住进了一间日本人的小房。谈好了房租加上伙食，每人每月日币二十一元。当时的蒋碧微，还带着富家小姐的贵气，并没有尝到过生活的艰辛，对这个价格也完全没有多少的概念。除了自家居住，房东还将另外几间租给了不同的人。毕竟自幼未出过远门，蒋碧微虽不是娇生惯养，也从未受过一点苦。而在这里，实在是很难适应下来。首先是饮食。每日的餐食都由房东太太亲自送上来，虽然对方已尽力做得符合中国人的口味，可和家里的饭菜比起来实在是难以下咽。两菜一汤，一小桶白米饭，吃饭时要坐在榻榻米上。这让蒋碧微吃得难受，因此每餐也只能对付。偶尔两个人会到外面的中餐馆改善一下伙食。

另外一件令蒋碧微困扰的事，便是洗澡。日本当时盛行男女同浴，不分性别，所有人在同一个水池内沐浴，这在中国女性看来简直无法想象，蒋碧微也是一直无法接受。好不容易找到一家日本人叫作"风吕屋"的澡堂，算是男女分开，可是中间也只隔着一层矮墙，隔壁就是男池。蒋碧微羞得满脸通红，无奈不在这里洗，也没有其他地方。她迅速地脱了衣服，低着头进入水池。哪知这样根本不合规矩。一位日本女人急忙把蒋碧微拉出来，提示她要先在外面用肥皂擦身，再用水冲洗干净，这样才能进入水池。蒋碧微一一照做，又下了水池，谁知这时浴池的男工竟提着水壶进来，蒋碧微尴尬极了，而其他女人并没有大惊小怪，这男工也很自然地走来走去。这之后，蒋碧微再也不肯出去洗澡，买了口大缸，请房东烧水，自己在家里洗澡。

在上海，一向乖巧听话的女儿突然失踪，蒋父蒋母惊恐不已。发现了抽屉内的信之后，更是伤心得老泪纵横。但他们对女儿是了解的，深知女儿坚强果敢，不是会自杀的那种人，并且猜测应该是随着徐悲鸿去国外了。于是二人连夜找到朱了洲先生，询问他是否对这件事知情。朱了洲先生自然矢口否认，最后在老人的一再逼问下，竟然发起了毒誓，如若自己知道此事，今后必将被炸弹炸死。再无他法，对于蒋家来说，女儿私奔这件事仍是一件很耻辱的事情，难免受到他人的嘲笑和指责。无奈之下，两位老人只好伪称女儿到苏州探望舅父时病亡。

麻烦的是，蒋碧微有婚约在身，不是随便说人没了就行的。蒋母又赶到苏州，找到蒋碧微的义父，亦是将父的结拜兄弟吴绂卿先生，商量如何处理这件事。吴先生见多识广，心思缜密。他说只是这样掩饰还不行，毕竟蒋碧微和查家是定了亲的，名分上已经是查家的人了。如果查家真相信蒋碧微死了，万一要求将她的灵柩葬在查家祖坟里，事情就不好办了。蒋母心急如焚，吴先生说事到如今，只能先备一口棺材，走一步看一步吧。

接着蒋家果真买了一口棺材，又怕查家真要来搬走，便在棺材里边装了些石头，要求重量差不多。这样做足了功夫，最后抬到寺庙里存放，算是瞒了过去。

本以为这件事瞒天过海总算是过去了，但如此蹊跷的事情，定是有很多人不信的。蒋父蒋母在通知亲戚朋友蒋碧微病亡这件事时，很多人都是将信将疑。毕竟事情来得太突兀，不免背后有很多人议论。最信以为真的，要数蒋碧微的姐姐。在得知妹妹病亡的消息后，她难过得痛哭起来，一再追问怎么会病得如此严重。姐夫想了想，也觉得事情必有蹊跷，就劝她不要哭，打探清楚再说。

没过多久，蒋碧微跟随徐悲鸿私奔的消息已传得沸沸扬扬，宜兴、苏州、上海到处都是风言风语。蒋碧微的伯父和伯母知道后，气得暴跳如雷。蒋碧微的伯父写信给蒋父，质问他是如何教育女儿的，竟出了这等丢脸面的事情。而蒋父蒋母，也只有默默忍受旁人的讥讽与嘲笑。他们出身书香门第，一直精心教育儿女，虽不曾期望蒋碧微如何出人头地，至少能顺顺利利地嫁个好人家，一生衣食不愁。不料二人竟因为这个女儿，受了这些委屈。

后来查家也听说了此事。虽然很是气恼，但毕竟人已经走了，追是追不回来了。何况蒋家与查家都是望族，名声在外，都不愿将此事过多张扬，最后也只好不再追究。好在两家也没有因此就结怨。

几年以后查紫含结婚，蒋母还特地去吃了他的喜酒。

蒋碧微的姑母和蒋母向来不睦。这次听说了这件事，更是从中说了不少难听的话。后来更严重的是，蒋碧微的堂妹玫君不顾蒋碧微伯父伯母的反对，竟自作主张地嫁给了朱了洲先生。这下子伯父伯母完全把事情牵扯到蒋碧微身上，说蒋家出了两个大逆不道的女儿，全是因为蒋碧微没有做出好的示范。

对这一切并不知情的蒋碧微，依然无时无刻不牵挂着家中的父母。她深知自己任性的选择定会令家族蒙羞，会令父母在亲朋面前抬不起头。她到了日本以后，深切想念着家人，日思夜想着自己的出走会让父母多么难过。同时，蒋碧微在这里的日子也不如当初想象般好过。徐悲鸿到了日本后，一心扑在艺术上，很少有时间陪自己的太太，也不太了解蒋碧微当时的心情，给不了什么安慰。而年纪轻轻的蒋碧微，在这语言不通的异乡，内心的苦闷无处诉说。她有时会觉得很委屈，在这里她一直不敢用自己的本名，担心被人发现她的行踪。每次有人来拜访徐悲鸿，蒋碧微都要躲出去。可是租住的屋子只有一间，她只能躲到盥洗室去，有时客人聊得起劲，她一站就是几个钟头。

对于这所有的不如意，蒋碧微越来越觉得难以承受。她想，当初跟随徐悲鸿来到这陌生的地方，是从来没有预料到会有这么多的困难。而如今它们都摆在面前，又没有丈夫的理解与宽慰，就好像这些困难都是朝着她一人而来。最重要的原因就是，她与徐悲鸿的追求并不同，徐悲鸿在这里有了新的生命，而她没有。

到了日本的徐悲鸿，仿佛进入了一个前所未有的丰富世界，这里的一切似乎都是为他准备的。他每天忙于观看各种展览，渐渐发现了日本绘画的独特之处。特别是当时日本的美术印刷相当精美，每次他逛书店，都会流连很久，有时是蒋碧微陪着他一起去逛。这时的蒋碧微，对书画艺术根本不感兴趣，尽管和徐悲鸿相处了这么长时间，依然没有受到他的熏陶。所以往往这时她都是站在一边陪着，一等就是几个小时，无聊至极。有时徐悲鸿会自己跑去看，有些是仿印的原画，有些是艺术类的书籍，都相当精美。徐悲鸿但凡遇到中意的，便不顾价钱统统买回来，然后兴奋地抱着一堆书画回到家。

每到这时，蒋碧微都会心生不快。看着徐悲鸿满脸兴奋地捧着这些她看不懂的书画回家，连连叫她快来看，这些宝贝是多么的精致多么的传神，蒋碧微更加委屈。她皱着眉头说："你总是花大价钱买这些书画，我们来时带的钱都快花光了，又没有收入，将来的生活要怎么继续？"

但是这些话并不能触动徐悲鸿分毫，他对艺术如痴如醉，全然顾不得吃穿问题，只一心想着多多收集这些珍贵的艺术品。因此蒋碧微从最开始的规劝，到赌气，到两人激烈的争吵，事情始终得不到解决。蒋碧微觉得，自己的丈夫完全为了艺术而生，他已经活在了自己的艺术世界里，而这个世界里，完全不需要她的存在。丈夫只爱艺术，并不爱她。或者说，在丈夫的心里，艺术始终是第一位的，远远比她重要得多。这想法令她伤心无比，想到当初抛开一切和他私奔到这里，无论是她自己，还是她的家人，都遭受了许多的委屈，而这些付出竟没有换来丈夫的重视。而徐悲鸿觉得，吃饭穿衣在其次，如果因为一时不舍得钱财而错过如此精美的艺术品，将是多么的遗憾，这种遗憾是将来用多少的钱财都无法弥补的。他想，妻子毕竟年轻，和他相处的时间也短，暂时没有受到他在艺术方面的熏陶也正常，相信用不了多久，她一定会被自己带进这五彩斑斓的艺术领域，和他一起为了这些艺术品而痴狂。

他们之间的隔阂一直存在，只是二人都无法立刻破解。无奈的是，这隔阂越来越深，他们之间的感情也出现了裂缝。后来蒋碧微的姐夫东渡日本，找到了他们夫妇二人。姐夫将她走后家里发生的事情原原本本地叙述出来，蒋碧微实在觉得自己对不住生她养她的父母，心情更加沉重。

在东京居住了半年，这期间二人自然是争吵不断，他们也逐渐意识到，当初因互相不了解而在一起，如今却因了解而陌生。只是毕竟这份幸福来之不易，他们都希望这段关系能有所改善。无奈他们带的钱用完了，无法在东京继续生活下去，二人只好乘坐轮船回到上海。

到了上海，最初不敢回家。想到自己离家后给父母带来的委屈，想到这次回来病亡的谎言将要被拆穿，随之而来的是亲朋的嘲笑和讥讽，蒋碧微实在没勇气面对。他们先是找了一家旅馆住了下来。蒋父蒋母得知女儿女婿回来后，全然忘了当初所遭受的非议，还是高兴地接受了他们。毕竟是自己的骨肉，分离这么久自然是急切地想念，加上徐悲鸿也确实是他们心目中理想的女婿，两位老人没有表现出任何不满情绪，只有欢喜。蒋母见女儿女婿住旅馆十分心疼，托朋友给他们租了一间厢房。这里离蒋碧微家里并不远，他们每天都可以回家吃饭。

在上海住了一个月左右，由于徐悲鸿始终有去北京的想法，蒋碧微便陪他前往。康有为先生觉得此时欧洲战乱不断，去北京确实是个好想法。他推荐他们二人到了北京后去找罗瘿公，这是一位在北京很有些人脉关系的文人，并写了一封信让徐悲鸿带在身上。

一九一七年十二月，徐悲鸿、蒋碧微夫妇搭上了从上海到塘沽的轮船。当时两人的经济状况还处于捉襟见肘的阶段，为了节省路费，徐悲鸿买了两张三等舱的船票。三等舱里住的多数的穷苦大众及落魄的知识分子，环境自然是差了一些。舱房里面狭窄幽暗，十几个人挤在一起，而且是男女混住，整间舱房只有蒋碧微一个女性。徐悲鸿从小生活贫困，饱经磨难，处在这种环境中并没什么不适应。而蒋碧微则不同，虽然这一路跟着徐悲鸿奔波，在经济上一直处于困难的状态，但是她从没有住在这么破旧脏乱的环境中。这让她十分难受。她很委屈，又想到自己的丈夫宁愿花钱买一张画，也不愿意想办法让自己住得舒服点。他的心里只有艺术，根本没有她！越想越委屈，从两人私奔到现在这所有的不如意一点点的浮现出来，蒋碧微怀疑自己的付出太傻了。想到这里，蒋碧微一路都不曾和徐悲鸿说上几句话。

这样忍了几天，终于到了天津塘沽口。谁知这口岸竟然没有码头，需要蹚水走到岸上。最后只好花钱雇了一个年轻人将蒋碧微背到岸上去。蒋碧微心里苦涩极了，但是抱怨的话到了嘴边，又硬生生地吞了回去。

到了北京，找到罗瘿公先生，得到了他及太太的热心帮助。后来几经辗转认识了任北大校长的蔡元培先生。蔡校长是个爱才惜才之人，见到徐悲鸿后夸赞他年轻有为。当时北大没有艺术系，他特意为徐悲鸿设立了"画法研究会"，聘请徐悲鸿担任导师，北大的师生但凡对艺术有兴趣的都可以去参加。当时北大给徐悲鸿的工钱是一个月五十多块。而蒋碧微也通过朋友的推荐，到孔德学校教授音乐，两人都有了收入，虽然不多，日子总算过得宽裕了一些。

当时的北京，处于稳定祥和的社会状态，很多进步刊物开始对封建思想展开猛烈的抨击。徐悲鸿也受到深刻的影响。同时，在这个有着悠久历史和灿烂文化的古城里，徐悲鸿每日望着这些挺拔的树木，巍峨的建筑，还有在故宫博物院中看到的如此多的古代艺术品，这些都深深刻在徐悲鸿的心上，让他不断成长。他对每个朝代的画作都进行了认真的研究，他曾说："中国画自明朝末年以来，三百多年，便处在这种毫无生气、陈陈相因的积习中。""我知道，我还太年轻，但开一代新风的责任正落在我们年轻人身上。"

这期间，罗瘿公及身边几位朋友，开始热衷于捧戏子。他们先捧梅兰芳、尚小云等男角，后来捧仙灵芝、刘喜奎。有一次罗先生看到程砚秋的表演，惊为天人，便想尽办法为他赎身，力捧他。罗瘿公十分看重程砚秋的才华，亲自教授他书法和诗词歌赋，并亲手为他编写剧本。那时候人们捧艺人，每天要包下戏院头几排座位，再把戏票分发到许多朋友手中。徐悲鸿和罗先生及他的几位朋友走得很近，因此每天都会收到戏票。

每天戏散场，都已经是午夜。当时徐悲鸿和蒋碧微住的房子没有电铃，也没有电灯。蒋碧微每天都要等徐悲鸿回来准备给他开门。从卧室走到大门，要经过两座院子，走很长一段漆黑的路。这让蒋碧微每晚担惊受怕。加上蒋碧微平时并无什么爱好，每晚独自在家等待丈夫，这滋味也很不好受。后来蒋碧微赌气似的也去听戏，哪知戏院里男宾坐楼下，女宾坐楼上，戏散场了还要自己回家，这下更让她害怕了，以后再也不敢尝试。

蒋碧微本来对京剧并不感兴趣，如今丈夫每晚忙着听戏，也使她逐渐产生不满，并迁怒于罗瘿公捧程砚秋这件事，她觉得这是文人的寻欢作乐，和艺术根本不搭边。徐悲鸿对她的这种说法很不能理解，他说："罗瘿公是真正爱重程砚秋的才华，这和无聊的文人寻欢作乐不一样。他是在培植一颗艺术明珠，培养一位有才华的京剧艺术家，使中国京剧后继有人。"

　　见说不动妻子，徐悲鸿也不再作声，但是他明显感觉到，在艺术世界里，他与妻子之间的距离实在太大，很多时候都无法沟通。而在蒋碧微的心里，这一切的龃龉都源于丈夫爱自己并不那么多了。毕竟在女人的眼里，一切都和爱与不爱有关。

　　两人的经济问题始终得不到解决，徐悲鸿多数在北大吃饭，有时参加应酬，对于家里的情况也是无暇照顾。有一次蒋碧微身上只剩下两个铜元，这时佣人说徐先生不回来吃饭，剩下他们二人买半斤面吃了就行。蒋碧微实在拿不出这半斤面的钱，就让佣人先垫上。到了第二天没有别的办法，只好拿出蒋母给的一只金镯子去当掉。蒋碧微要徐悲鸿去，徐悲鸿说一个男人拿着女人的首饰去当，别人会嘲笑，如何也不肯去当铺。最后蒋碧微硬着头皮自己去当掉了镯子，换了四块钱。

　　这样挨到了一九一八年十一月，徐悲鸿终于有机会以官费生资格赴法国留学。他带着蒋碧微回到上海做出国前的准备。他们去了哈同花园，见到总管姬觉弥先生。姬先生大赞蒋碧微是福相，对徐悲鸿的前程一定会有帮助。同时他送了他们三千元作为出国的费用，并许诺以后每个月给他们寄三百块钱。因路途遥远，徐悲鸿将在日本所购买的艺术品和书籍字画，全部寄存在了哈同花园。只是这批宝贝就此下落不明，姬先生也再没有给他们寄过钱，致使他们二人在巴黎的生活举步维艰。

「 巴黎 」

与他一起苦也是甜

对于两人一起去巴黎，徐悲鸿不是没有顾虑的。因为出国首先要考虑的就是费用问题。他一个人的留学公费本来就有限，要供两个人在国外生活，实在压力很大。可是蒋碧微年纪轻轻就跟着他到处奔波，这一路上没过上一天舒服的日子，连吃饭穿衣都成问题，实在有些对不住她。另外，徐悲鸿也希望，妻子到了世界艺术中心——巴黎，能逐渐受到环境的熏陶，感受到艺术是多么伟大，这样他们二人就可以一起徜徉在艺术的海洋里，一起欣赏那些不朽的艺术品。对于他们曾经的争吵，会随着时间的流逝慢慢被忘记。

由于出国的事情定得突然，当时所有的轮船公司船票都预订到了一年以后。好不容易弄到了两张日本轮船船票，在一九一九年三月二十日，两人动身前往欧洲。临行前，蒋父说了许多鼓励的话，因要到学校上课，就由蒋母送他们二人上船。到了船上，三人看到这船舱的环境，心竟凉了下来。本来弄到的是三等舱的船票，哪知这日本船的三等舱，比欧洲轮船的四等舱还不如。一百多人挤在一个大舱房里，光线昏暗，空气浑浊，男人的吵闹声不绝于耳。看到这番景象，蒋母想到从小娇生惯养的女儿要在这种环境下生活一个多月，心里难过得不能自制，不禁流下泪来。蒋碧微在这离别的情绪里本就难过，看到母亲流泪，更是伤心地哭起来。好在同船的两个学生肯将两张二等票让出来给他们，徐悲鸿赶紧给他们补了差价，总算是住进了二等舱。

轮船在海上航行了七个星期。虽已不是第一次坐船，蒋碧微仍然无法习惯船上的生活，每天被摇得头晕目眩，完全没有食欲，偶尔海浪平稳了，能起来走一走。最困难的问题又来了——洗澡。这是一条日本轮船，浴池自然也是男女同浴。最后两人想了办法，由徐悲鸿去探查浴室里面的情况，如果没有人，蒋碧微立刻以最快的速度洗完澡，徐悲鸿在门口把风，这样总算解决了一件难事。

漫长的海上生活，时间似乎过得异常缓慢。沿途路过香港、越南等地，徐悲鸿总要带着妻子观光游览一番。到了五月初，总算抵达了伦敦。

船靠了岸，几位留英的同学将这九十五位来自祖国的同学们接到英国学生会。五月十日这天蒋碧微跟着徐悲鸿渡过英法海峡，转车到了巴黎。二人先是住了一段时间的旅馆，但是住宿费加上在外面吃饭的费用并不划算，又嘈杂，最后决定租房子自己开伙。

租房之后，蒋碧微和丈夫的关系缓和了许多。每天蒋碧微做饭，丈夫清洗碗筷。白天蒋碧微跟着法文老师学习，徐悲鸿则到各个博物馆参观。每看到一个不朽的作品，徐悲鸿的心灵都被强烈地震撼着。他觉得，自己在这些世界顶级的艺术作品面前是多么的渺小，他仿佛看不到自己的存在，完全被这些画作迷住了。这些作品如同雨露般一点点地渗入他的心里。这就是他来这里的目的，他忽然觉得之前几十年遭受的各种苦难与无奈，都是那么值得！

那段时间，徐悲鸿忙于参观各种展览，时常顾不上吃饭，有时逛了一天也不忍离去。有一次他回家的路上遇上大雨，被冰冷的雨水浇透了之后又马上在家洗了澡，从此似是被袭了寒气，导致长期胃痛，时常呕吐，很是急人。

这对年轻夫妇的日子异常艰辛。可正如人们常说的那样，通常打败生活的，都不是贫困。

蒋碧微并非不能吃苦，但她希望丈夫可以尽全力去改善。而徐悲鸿偏偏是一个爱艺术如命的人，赚钱在他看来倒是次要的事情。生活本就拮据，他时常买来一些书籍爱不释手，每当那时，蒋碧微的心里总是很矛盾，有一种说不出来的滋味。

穷日子不可怕，可怕的是漫长的原地踏步。他们因为这个话题讨论过无数次，也吵了无数次，最终都没能有个结果。

徐悲鸿认为生活只要过得去就可以，食可果腹，衣可蔽体，内心的丰盈才是最重要的。而蒋碧微多少有些委屈，如果经济状况良好，丈夫买多少字画都是可以的，可如今这么穷，为何就不能暂时收敛起那些癖好呢。在她心里，一日三餐是亟需的，书画则应该是安稳生活里的调剂品。

在当时的社会环境下，作为一个女子，蒋碧微的想法并没有错。错的只是，她爱上的是一个艺术家，她爱他的才华，就意味着要爱他的贫穷，他不顾一切的执着。

因为这个话题，他们彼此伤害过。有时蒋碧微也会反思，觉得自己可以不再对丈夫施加压力，因为每一次争吵，就会滋生爱的裂痕。

之后徐悲鸿夫妇应邀到瑞士居住了半年，只是由于二人经济条件不允许，只在一定范围内的名胜地区转了转。

回到巴黎以后，徐悲鸿进入了法国国立最高艺术学校，蒋碧微也通过法文程度测试，进入当地一家女子学校五年级读书。按照法国的学制，五年级大概相当于国内学校的初中一年级。因此蒋碧微的班里都是十二三岁的法国女孩子，只有她一个年纪大，坐在班里十分抢眼。好在蒋碧微是外国人，而且法国人一向对有色人种没有歧视，因此她在班里学得倒也舒心，只求多学些法文，用来平时生活中交流。

一九二零年冬天，徐悲鸿夫妇认识了一位重要人物。那一次是法国著名雕刻家唐泼特先生夫妇举行的茶会，徐悲鸿应邀参加。前来参会的都是法国当代著名的文化名人。这对夫妇特地为徐悲鸿介绍了法国著名画家达昂先生。其实之前徐悲鸿一直对这位画家十分崇敬，并很想拜在他的门下，只是这种机会非常难得。这位画家清楚了徐悲鸿的想法，他看到徐悲鸿衣着朴素，目光坚定有神，根据他多年的经验，看出徐悲鸿一定是一个勤奋踏实的学生。他将自己画室的地址给了徐悲鸿，叮嘱他以后每个星期日的早晨到他的画室里去。

从此开始，这位八十岁高龄的伟大画家，带领天资聪颖又勤学苦练的徐悲鸿畅游在世界顶级的艺术殿堂里。徐悲鸿也不负众望，进步飞快。整个学习的过程中，徐悲鸿不仅学习到了如何作画，更被这位精神健硕、对生活有着极高追求的老人所折服。他忽然明白，原来所谓大师，不是一支笔，而是一颗心。

一九一二年，蒋碧微提议趁二人暑假得空，去德国游玩。就当时的情况而言，出行游玩费用不是很高，与其两人在巴黎花钱度日，不如稍多花些钱走出来看看。而且战后的德国通货膨胀，马克贬值，同样数目的法郎，在德国可增值数倍。特别考虑到丈夫身为画家，更应该多给他创造机会感受各地的人文气息，欣赏不同国度的艺术作品。夫妻二人先是去拜访了之前在巴黎认识的孟心如夫妇，又由他们带着拜访了中国驻德公使馆。由此认识了当时在这里工作的张允恺夫妇。

第一次见面，张先生见到蒋碧微，表情愕然。后来才知道，张先生有一位妹妹长相与蒋碧微极其相似，只是已经过世很多年了。张夫人待蒋碧微更是情如姐妹。后来在一次宴会上，她提议要认蒋碧微为谊妹。在场的人都热烈赞成，张先生将子女叫到跟前，磕头，称蒋碧微为姑姑。当时国内直奉战争已经开始，很多留学生的官费都发不出来。正是由于有了张先生夫妇的照顾，蒋碧微二人在德国逗留了近两年，都不至于挨饿。同时也是由于通货膨胀的原因，在朋友们的帮助下，兑换货币也增加了他们的收入。徐悲鸿借着这个机会，低价收上来很多艺术品。例如他看中了一幅画，谈好了价格后，先付定金，隔几天再去取，到时候马克可能已经贬值好多倍了。

在一九二二年，蒋碧微得了场重病，险些丢了性命。康复之后，便在柏林买了一把小提琴，跟着一位德国琴师开始练习。蒋碧微自从跟着徐悲鸿离开上海，即便两人始终处在经济困难的状态，也一直没有想过进入学校学习。一方面她从小所受的是旧式教育，提倡的是女人应该在家相夫教子，孝顺公婆，而不是独立自主地开创事业，因此蒋碧微算是没有野心也没有什么追求的单纯女人。另一方面，两人资金短缺，蒋碧微需要照顾丈夫，同时要做一些家务包括做饭等等，也无暇考虑学习的问题。但是她始终坚持的就是学习音乐，为了打发时间，也算是给自己培养一种兴趣爱好。

而这期间，徐悲鸿虽然病情愈发严重，仍然忙于练习绘画。在这段时间他主要以临摹人物和动物为主。就像一个人不吃饭无法生存，徐悲鸿将绘画作为他生命的支柱一般。因此也逐渐创作出很多优秀的作品。

德国当时的美术印刷品也是精美无比，这强烈地吸引着徐悲鸿，他总是想尽一切办法买！买！买！最后，他们狭窄的卧室被这些书画堆满了，徐悲鸿总是看着它们，脸上浮现出陶醉的神色。而蒋碧微坐在一旁，满脸愁容地叹气说："我看你简直发疯了！"

这是一批非常精美的书画，几乎与原作不相上下。对于徐悲鸿来说，其实是物超所值的，他也正需要这样一批经典画作，来揣摩和研究。这些印刷品，可以让他一下子进入狂热的状态，那是发自心底的热爱。

可惜蒋碧微完全体会不到丈夫的这种心情。对于一个女人来说，吃不饱，穿不暖，要拿什么来谈安全感和爱？很多年以后，在她的回忆录里，她觉得那段时间扛着许多负债，压力很大，"好比坐在一条要沉没的船上"。和妻子比起来，徐悲鸿反而乐观许多。他相信天无绝人之路，很多问题都会迎刃而解。

这两种人生哲学，再次出现了碰撞。

蒋碧微拿起桌上每天练习的那把小提琴，递到丈夫眼前。这个动作意味着很多。她的琴，是那样破旧，如果说到追求艺术，这是公平的吗？

那一刻徐悲鸿仿佛理解了妻子的委屈，心中涌起一丝内疚和难过。他一定要为妻子买一把好琴，让妻子体会那种沉浸在艺术里的快乐。

然而当徐悲鸿再遇见心仪的艺术品，其他的事情已经全部抛在脑后。他为了两幅康普的画作，在中国大使馆借钱被拒绝后，又找到留德的同学宗白华和孟心如等人商量，最后大家凑了一笔钱给他，终于将康普的《包厢》以及一幅肖像画收下。

这时徐悲鸿想到，若国内在此时能够凑得一笔经费用于购买外国名作，岂不是一件好事？于是他写信给国内康有为等人，提议筹集四万元，趁德国物品价格低廉之际，用来购买外国美术家名作，这样就可以在国内建立一所外国美术陈列馆。但他的呼吁没有人响应，这使他颇为失望。

「 筹钱 」
绝处逢生

到了一九二三年，缺钱的尴尬总算是得到了一些缓解。先是得到消息，国内将继续供给留学生学费，并将之前全部积欠的官费一并补齐。这对于当时的蒋碧微夫妇来说，可是一笔不小的费用！同时在巴黎一家书店和一家画店都给徐悲鸿寄来了稿费。夫妻二人拿到钱，立刻把所有欠款还清，准备返回巴黎。

手中宽裕了一些。徐悲鸿拿着剩下的钱，决定要用它们为蒋碧微买一把好琴。

那时候蒋碧微当时正倚在沙发上看书，看到丈夫心情如此好，她也很高兴。还清了所有欠款，她也觉得心里轻松了不少。

一把好琴的费用通常也是昂贵的。这一次，徐悲鸿计划要将这笔钱全部用来给妻子买小提琴，他一分也不用。

蒋碧微跟着丈夫来到市中心。自从两人出国，从未在这样繁华的地段逗留过，因为看到这些奢侈的商品，会让人想到自己不堪的处境。可是今天，看着这一家一家琳琅满目的商店，蒋碧微的脸上泛起了久违的笑容。徐悲鸿望着妻子，她的这种表情，有多久没见过了，温柔而又欢喜，这才是他的碧微！

他们认真地挑选，每家商店的小提琴都仔细地试音做比较。最后，他们终于在一家委托商行看到一把寄卖的小提琴，虽是旧琴，但音色优美动听，胜过他们看过的所有琴。

就是这把了，徐悲鸿觉得一定要立即买下来，因为一不留神这把琴就会被别人抢了去。对一个爱音乐的人来说，琴的音质太重要了，这样的机会几乎是可遇而不可求的。

蒋碧微却露出了犹豫的神色。她看了看琴，又望了望丈夫，似乎这并不是她真正想要的。

作为一个女子，在国外经常与友人聚会，蒋碧微很需要一件拿得出手的大衣。在很多场合里，衣服也是一种语言，会代替人说话，而她刚刚在对面一家时装店的橱窗里，看见了一件漂亮的皮大衣。

她想象了自己穿在身上的样子，觉得恰好满足了她的需求。而价钱，正好与小提琴的价格差不多。也就是说，她必须在两者之间做出选择。

当得知妻子的想法后，徐悲鸿仿佛被泼了一盆冷水。与妻子共同在艺术的海洋里畅游，这个美好愿望似乎被打破了，他有些不理解。如果换作是他，面对一件大衣，和一把好琴，他丝毫也不会犹豫。

蒋碧微大声跟徐悲鸿解释，在巴黎和柏林的许多社交场所，一件像样的大衣是必备品，而她连一件普通的大衣都没有，这并没有什么不可理解的。

徐悲鸿彻底惊呆了。如果说刚才拿着汇票兴高采烈的他是一团火，如今妻子的想法倒像是一盆水，将他扑灭了。那些快乐在他心中瞬间飘得无影无踪。他回过神来，眼睛望向窗外的大街，这时在他心里，有一百个理由来说服妻子，那些衣服只是身外之物，学习远比外表重要，现在条件有限，更应该把钱花在学习上。可是话要出口，又咽了回去。他了解妻子，她是固执的，总是有自己的想法，就算劝她，也不会改变她的想法。因此他选择保持沉默，让妻子自己选择。

蒋碧微最终还是选择放弃了小提琴，买了那件漂亮的大衣。她把兔毛大衣穿在身上，光亮的皮毛，新颖的款式，合身的剪裁，一切都那么完美，蒋碧微觉得自己整个人立刻明艳起来。她步履轻盈地走在徐悲鸿旁边，展现出久违的笑容。

徐悲鸿看着穿着高贵的妻子，突然觉得很陌生。他这时才真正意识到，也许他们之间最大的差距不是年龄问题，也不是受教育程度，而是对生活的追求。他们的人生目标如此不一致。或许有一天，他们会因为这种不一致而分开。想到这里，一种莫名的悲伤蔓延了他的心。可是他并没有表现出来。

其实对于蒋碧微来说，这并不只是一件大衣的问题。她不满二十岁就跟着徐悲鸿跑到国外，这些年可以说勉强能吃饱穿暖，至于自己向往的优渥生活根本不敢想。丈夫是个比较木讷的人，一心扑在艺术上，对自己关心很少。而且两个人由于年龄相差太多，基本没有共同语言。

这几年蒋碧微的心中不断聚集着的不满无处发泄。她其实很想买一把好琴，但是也十分想买一件穿得出去的衣服。自小出生在条件优越的家庭，吃的穿的都是最好的，从来没有为生计烦心过。可是和徐悲鸿在一起以后，虽是情感上得到了满足，毕竟她还是个小女孩啊！她也想衣食无忧，她也想穿着漂亮的衣服参加宴会，她也想走到哪里都有很多人夸赞她的美貌。虚荣心是每个女人与生俱来的，可是这几年蒋碧微一直在打压着自己的这份情绪。她连最基本的吃穿都成问题，更别说与其他女人比较了。

同时，她心里也清楚，自己和丈夫的追求相距甚远，思想也根本不在同一个高度。让一个二十几岁的正是爱美年纪的姑娘，每天看着成堆的书画，还要为吃穿发愁，很多时候有了这顿又没了下一顿，是否太过苛刻呢？

那段时间仅有一件事情是令蒋碧微觉得有趣的，就是"天狗会"的成立。这组织名字听起来就够人笑一阵了。最初是巴黎的一些老友在暑假期间组织的一个小团体，从名字到章程，都是几个会员临时想出来的。其中包括常玉、孙佩苍、谢寿康，加上蒋碧微夫妇，以及张道藩先生、刘纪文先生和邵洵美先生。蒋碧微作为唯一一位女性会员，被大家称为"压寨夫人"。组织的人数不断扩大，活动也越来越频繁，多数都是坐坐咖啡馆，聊聊天，为当时蒋碧微枯燥的生活增添了不少乐趣。

一九二五年，国内政局又一次陷入混乱的局面，官费从之前的断断续续到最后竟没了消息。这令蒋碧微夫妇的生活又回到经济困难的境地。两人返回巴黎后，租住在一间阁楼里。六楼，没有电梯，虽然很不方便，好在有一间画室可以给徐悲鸿使用。很多时候两人吃饭都成了困难，他们唯一的办法就只有借钱。有时是徐悲鸿张口向朋友借钱，有时是蒋碧微去。

有一次，两人眼看着第二天就要挨饿，徐悲鸿叫妻子去一位刘先生家里借点钱。刘家和蒋碧微夫妇平日里来往甚密，关系不错。蒋碧微到了刘家，与他们一家人聊天直到晚餐时间，被留下吃晚饭。整个吃饭的过程中，蒋碧微都心不在焉，盘算着一会儿怎样开口借钱。晚饭过后，几个人再次坐在一起聊天，蒋碧微几次鼓起勇气想说，最终还是说不出口。一直等到晚上九点，蒋碧微起身告辞，也还是没有张开嘴。这五个多钟头，令她十分难受。

　　回到家，徐悲鸿急忙询问是否借到了钱。蒋碧微摇头，告诉丈夫自己实在说不出口。徐悲鸿无奈，只好翻身继续睡觉。

　　第二天一早，两人准备去朋友家吃饭。身上只剩一个法郎，计算着，两张地铁车票要八十生丁，剩下二十生丁可以买一张日报。走到楼下，徐悲鸿收到一封信，边走边拆。拆开后他笑了。原来是教育部又寄来一个月的公费，两人这下不用借钱度日了。

　　然而生活总是与人开玩笑。好不容易吃饭不用愁了，又来了"天灾"。某天突然下起了大雨，雨点乒乒乓乓地打在窗上。由于阁楼的天窗面积很大，大雨砸在上面，声音很是吓人。雨越下越大，最后竟然砸坏了玻璃。雨水连同碎玻璃一齐砸进屋子里，夫妻二人惊恐之余忙收拾地上的物品，大雨夹杂着冰雹下了一个多钟头才停止。

　　更让人崩溃的是，当徐悲鸿找到房主请他帮忙修缮房屋时，房主告诉他这笔费用是要他们夫妻来出的。无奈之下，蒋碧微夫妻又向朋友借了钱补了这个洞。

　　此时又是走投无路，两人只求吃得上饭。奔走了许久，两人找到两份临时的工作。徐悲鸿给书店出版的小说画插图。蒋碧微给罗浮百货公司做绣工。这份工作就是在做好的衣服上面，按照图案绣花。蒋碧微和几位熟识的太太一起，做好了一批再去领一批。

　　可是这类工作毕竟不能长久稳定，何况收入又少。靠着徐悲鸿的留学官费，蒋碧微跟着他在欧洲辛苦挨过了六年。这六年间，从来没有经济宽裕过。如今也是到了山穷水尽的地步。

一天，徐悲鸿在巴黎一家画店看到达昂先生的一幅油画，名为《奥菲丽娅》，这是莎士比亚的名剧《哈姆雷特》中男主人公的未婚妻。徐悲鸿被这幅画迷住了，他伫立在画前，久久不愿离去。他多么想把它买下来。可是连吃饭都成了问题，更别说要拿出一笔巨款了。徐悲鸿和老板谈好，要为他保留三个月不售出。

为了筹款买这幅画，徐悲鸿想尽了办法。这时新加坡的一位华侨黄先生得知此事，十分器重徐悲鸿的才华，建议他去新加坡卖画。徐悲鸿接受了他的建议，不只为了这幅画，他同样希望能多筹一些费用，让他们夫妻二人的生活过得好一点。

徐悲鸿回到家和妻子商量此事。蒋碧微同意了，并且嘱咐：如果所筹款费不够他们在巴黎生活两年，不如给她寄一笔旅费，让她一起回国算了。徐悲鸿同意了。

庆幸的是，徐悲鸿此次前往新加坡筹款相当顺利。黄先生将徐悲鸿介绍给华侨陈嘉庚先生。徐悲鸿为陈先生画了一幅油画像，并收到了两千五百现洋作为酬劳。接着徐悲鸿又画了马克思和托尔斯泰的油画像，赠给陈嘉庚先生所办的厦门大学。

在新加坡，徐悲鸿认识了不少的华侨，为他们画了许多肖像画。

虽然很辛苦，但是终于筹到了一笔数目不小的款。这令他十分兴奋，这些钱足够他和妻子在欧洲生活几年了！拿到钱以后，他做的第一件事就是寄给巴黎那家画店，买下了那幅《奥菲丽娅》，日思夜想的画作终于属于他了。后来他没有直接回巴黎，而是回到了上海。

尽管在一起生活时相处并不融洽，在国内的徐悲鸿依然很想念妻子，也牵挂她一个人能否在巴黎生活得习惯。他梦见了她，并作了《梦中忆内》的诗：

衫叠盈高阁，
椽侵万卷书。
梦中惊怍异，
凄绝客身孤。
不解憎还爱，
忘形七载来。
知卿方入夜，
对影低徘徊。

送走了丈夫的蒋碧微，心里免不了会失落。毕竟一起生活了这么多年，这还是第一次分离。徐悲鸿算不上是体贴的丈夫，平日里他的心思全都在艺术上，对妻子的情绪亦是无暇照顾。但是蒋碧微还是很依赖他的。特别是如今这种状况，一个女人，离开了亲人朋友，现在丈夫也走了，她要一个人面对生活的所有困难，要为自己的生计做打算。这些对于年纪尚轻的她来说，都是天大的压力。

　　这之后，蒋碧微将画室租给别人，自己租了一间屋子，伙食都由房东包办，这样省钱又省心。丈夫走了之后，省去了许多洗衣做饭的时间，蒋碧微变得闲起来。起先她以为日子会很无聊，谁知正相反，由于天狗会的这些好友，张道藩、谢寿康、邵洵美、常玉这几位，时常邀约蒋碧微喝咖啡、聊天、看电影、看戏，还教会了她跳舞，因此她有时也会出席晚宴和舞会。这令她一个人的生活不再单调。与此同时，在巴黎也有诸多走得近的好友，大家住得也比较近，平时都是相互照应。这样转眼就是九个月。丈夫终于回来了。

　　然而徐悲鸿的归来，反而惹得蒋碧微发怒。本来他赚够了足够他们在巴黎生活两三年的费用，结果在回上海的时候，又买了不少艺术品，剩下的钱也只够他们维持几个月。

　　蒋碧微委屈极了，她觉得丈夫的心里只有书画，根本对自己没有半点爱。自己省吃俭用这么久，好不容易挨到丈夫回来，迎回来的还是一堆书画。女人可以不在意钱财，但是不能不在意感情。她越想越气愤，把坏情绪一股脑地抛给丈夫。

　　又是一次激烈的争吵。

　　而每次争吵的内容，似乎面目相似。他们总是为了相同的问题吵架，吵架的结果是冷战，是暂时忘却。而那终究是他们心里解不开的疙瘩，总会在不经意的某个时间，再次出现，引发下一场争吵。

徐悲鸿苦恼极了，他千万次强调过，自己爱画入骨髓，永远也改不了。一个画家爱画，这是多么天经地义的事情，为何不能得到家人的支持和理解。

可是他看到的是妻子的眼泪。

那些晶莹剔透的泪水，一行行挂在蒋碧微的脸颊上。一个画家爱画，但可不可以关心一下他的妻子需要什么。她曾经以为有那样多卖画的钱，他们把它存入银行，好好在国外生活些年，可是没想到又是这样的结果。

除此之外，蒋碧微见徐悲鸿把在上海买的那些书籍字画都留在国内，似乎是想要赶快回国，她不知道这是为什么。

面对妻子的疑惑，徐悲鸿解释，他并不想在国外扎根，他是为了振兴祖国、给祖国争气才出来留学的。这次到上海，见到国内的情况日非一日，更感到肩上的责任沉重。徐悲鸿急切盼望学成归国，为自己的国家干一番事业。

国家与艺术，这是徐悲鸿的理想，也是蒋碧微不可能反驳的大道理。她都赞同，也不想反对，只是，她那微小的心愿就是——不愿他们的生活总是那样穷困。

徐悲鸿不知如何宽慰妻子，因为这个话题他们吵了无数次，每一次都让两个人十分伤心，可还是吵不出个结果，所以他习惯了沉默，习惯了在艺术的世界里寻求安慰。于是，他转身去画他的画了。

独自难过的蒋碧微，看着丈夫不再言语，内心冰凉一片。可能她没有丈夫的鸿鹄大志，也说不出那么多的大道理，但她是一个十分要强的女人，她要丈夫成功，也希望他们的婚姻生活能过得美满。她觉得，如果一个小家的日子都过不下去，如果连饭都吃不饱，还谈什么理想，谈什么未来呢? 何况和贫穷相比，丈夫的冷漠才是最伤她的。如果只想过贵族般的生活，她也不会跟着他挨了这么多年，她无非是想要安全感啊!

就这样僵持着，夫妻二人谁也无法说服谁。到了一九二七年四月，徐悲鸿收到了朋友资助的旅费，又一次回国了，留下蒋碧微一个人在巴黎。

「 归国 」
看花愁近最高楼

若干年前，蒋碧微曾做过一次手术，身体很弱。后来患着慢性盲肠炎一直未愈，连鱼肉鸡蛋面包统统不能吃。本来经济不宽裕，能吃的东西也很少，蒋碧微一日比一日地消瘦下去，有一天竟开始发烧。她急忙找医生来看，结果医生竟告诉她怀孕了！

听到这个消息，蒋碧微不知该喜还是该忧。和丈夫在一起九年都不曾有孕，如今自己吃饭都成问题，何况又生着病。医生建议她无论如何要抓紧时间把盲肠割掉，否则将来肚子里的孩子越长越大，就没办法做手术了。于是蒋碧微决定，入院手术。

由于处在怀孕状态，在医院里不停地呕吐。术后不可以进食，连喝进去的水都要吐出来。护士小姐用菩提树叶泡水，加一点糖，照顾蒋碧微喝下，结果呕吐的症状还是一点没有减轻。好在手术比较顺利，到了第八天可以拆线，没有一点感染或者发烧。在医院修养了两周，实在住得心烦，蒋碧微便要求回家修养。由于她当时除了孕吐并没有其他不适，医生就同意了。

　　回到家，房东太太一直尽心照料，许多朋友也都过来看望。可是再多的照顾，也不能代替有丈夫在身边。一个女人在贫困和疾病的双重困难下，多需要一个肩膀可以依靠。可是蒋碧微只能一个人苦撑。她写信给丈夫，告诉他自己怀孕的事。信中提及要丈夫寄旅费过来，让她得以回国。可是丈夫寄来的旅费根本不够，蒋碧微只得向父亲开口，等父亲寄来了三百元，才准备动身回国。

　　由于丈夫之前走得匆忙，只带了几件换洗的衣裳，留在巴黎的书画实在不少。一些普通用品可以装箱委托转运公司运走，可是很多易损的画片画卷等只能由蒋碧微随身携带。身怀有孕又刚刚病愈出院的蒋碧微，带着七八件行李，终于踏上了回国的旅途。

　　蒋碧微早先手背上长过一个不大的脂肪瘤，做过手术。如今又长出来。她担心回国后很难治愈，动身前又一次开刀割掉了。等麻药的效力刚过，她便带着大包小包的行李上了火车。这一路疼痛难忍，无法入睡，连手术的拆线都是轮船上的医师帮忙弄的。可以说那段时间，身体上的疼痛真是对蒋碧微很大的一种折磨。

　　好在当时的好友沈宜甲先生对她颇为照顾。先是将她从巴黎送到马赛，送上船后，将她介绍给同船的几位他熟识的中国学生，请他们一路上照顾蒋碧微，这使蒋碧微深受感动。此次海上旅行蒋碧微不像先前几次那样受罪。可能已经适应了这种颠簸，她饮食正常，平时除了读些之前备好的书、音乐理论或是音乐家传记，其他时间就是和几位中国学生一起聊聊天。有时他们会玩纸牌，谁输谁赢，记在账上，等船靠了码头，他们便下船观光，由赢家做东吃一顿。

　　船到了新加坡，没等靠岸，蒋碧微就同其他人一起靠着栏杆搜寻着岸上的那些身影。这次同丈夫决定回国，虽说不上多光鲜，至少和丈夫一起回去，在外人看来都体面些。可是等到船已靠岸，她也没有搜寻到丈夫的身影。正在焦急之际，竟见到黄曼士夫妇向她招手。走到跟前，黄先生递给蒋碧微一封信，说是徐悲鸿要给她的。原来徐悲鸿已经先一步到上海去了，并说这样做的目的是要提前去为蒋碧微布置一个新家。

　　蒋碧微并没有因为丈夫的心思而高兴，反而内心是满满的失落。她想要的不是什么新家。出国多年，如今回国，她最希望的是能和丈夫一起回到上海。不止出于女人的敏感，她也是个要强的人。能和丈夫一起回国，一起回到上海面对亲朋好友，对于她来说是很重要的一件事。可是没有办法，既然丈夫已经回去，蒋碧微只好由黄先生再送上船，一个人朝着家的方向奔波。

　　离家越近，蒋碧微心情反而越复杂。她回想在巴黎这八年的生活，那些或快乐或忧伤的片段像电影一样闪现在她眼前。那些曾在她危难之时帮助过她的人，在她病重时给过她照顾和关怀的人，还有在她孤单寂寞的日子里陪伴她、带给她欢乐的人，这一切都那么值得纪念。但她想得最多的，依然是她深爱的丈夫。他们在一起的酸甜苦辣，共同地成长，都使她无法忘怀和割舍。

到了上海，远远就看到迎接蒋碧微的家人。蒋父蒋母、徐悲鸿及他的二弟寿安，还有已经长大变了样子的弟弟丹麟。久别重逢，至亲团聚，大家的心情都是悲喜交加。看到父母身体尚好，弟弟也懂事，蒋碧微欣慰了不少。

徐悲鸿所承诺的新家要在三周之后方能入住，蒋碧微只得跟着丈夫先住在朋友黄震之先生家里。二十几天后，新房备好，蒋碧微夫妇连同蒋父蒋母，以及寿安和丹麟一同搬进去居住。

有时安静下来，蒋碧微会思考她与徐悲鸿的婚姻。是否这些年一起生活下来，他们仍旧不了解彼此，无法走进彼此心里。丈夫始终活在他自己的世界里，做事情永远我行我素。从最开始，他还期望妻子能理解他，甚至最好能和他一起徜徉在艺术的世界里，成为一对精神伴侣。经过无数次的争吵，他仿佛已经不再奢求这些。当然，他对妻子也始终没有要求。

可是对婚姻没有要求的，又岂是他一个。蒋碧微一心跟着丈夫奔波漂泊，这些年别说有一个像样的家，每天的吃饭问题都够她发愁的。可是她仍然不离不弃。徐悲鸿无暇照顾她，她只能一点点地学会独立。可是徐悲鸿不知道，当一个女人成长到足够强大，身边的男人就会越来越不重要，直到有一天她不再需要这个男人，那时再想挽回，就太难了。

蒋碧微想，等到他们的孩子出生，这种境况会不会有所变化呢？

一九二七年冬，蒋碧微的长子出生。这天凌晨三点多，蒋碧微感到肚子阵痛，到了七点钟被丈夫送进广慈医院，由一位法国医师接生。到下午三时，胎儿终于顺利出生。徐悲鸿给这孩子取名"伯阳"。

孩子的出生，全家上上下下都十分欢喜，毕竟夫妻二人结合十年，如今才有了这个儿子。特别是丈夫徐悲鸿，对这个孩子疼爱有加。知道丈夫不擅长应酬交际，也讨厌繁文缛节，仍然在孩子满月那天大摆筵席，请众多亲朋好友过来庆贺。这令蒋碧微十分感动。

对于孩子，初做母亲的蒋碧微虽然经验不足，但仍尽心竭力，将全部身心都投入到这个孩子身上。她对外界事情的关心逐渐减少，有一次坐电车买东西，看着车上坐着的乘客，竟觉得他们高大得如同巨人，思忖了半天才恍然大悟，这几个月来她很少出门，眼里只有孩子，现在见到成年人自然觉得高大。蒋碧微想着自己，这哪里像一个名门之后，哪里像是在国外生活了那么久的人呢。真所谓"食蛤哪知天下事，看花愁近最高楼"。

然而这样的生活，却使常年在外漂泊的蒋碧微如此知足。这些年，她受够了吃了上顿没下顿，受够了在病痛的时候无人照顾，受够了思念家人而不得见。如今她最爱的人，每日都在身边，对于一个女人来说，最幸福的事情莫过于此。丈夫如今名声在外，已经是颇有名气的画家，每天忙碌非凡，精神抖擞。

回国后的徐悲鸿亦是停不了奔波劳作。不同的是，如果说在国外的他只是在生存，回到国内的他，才是真的找到了根。他很清楚自己要做什么，并且积极地朝着那个方向努力。作为妻子，蒋碧微为他而骄傲，也期待着丈夫早日功成名就，做出一番事业，到那时，她也将和他一同分享成果和喜悦。

徐悲鸿的二弟寿安，早年在家乡无所事事，后来徐悲鸿的朋友黄儆寰先生看到他这样子，怕他耽误了前程，便将他接到上海，可是既没有安排他去读书，也没有找事情给他做，只是把他送到蒋碧微娘家一直住着。蒋母待寿安像亲儿子一般，细心照顾。后来蒋父和丹麟教他读了些书，再送到一家纱布交易所当学徒，薪水也是一点点地增长。到了二十一岁，由蒋母做媒，将蒋碧微三姑家的佑春许配给他。婚礼定在宜兴举行，于是蒋家浩浩荡荡十几口人，一起回到阔别已久的故乡。蒋父蒋母以及蒋碧微夫妇都很高兴，每日走亲探友热闹非凡。

婚礼第二天，蒋碧微夫妇带着伯阳和女佣，连同寿安夫妇一同坐船回到徐悲鸿和寿安的故乡屺亭桥。徐父早年信佛，时常住在庙里，和徐母关系不是很融洽。而徐悲鸿这些年对家里关心亦是不多，全靠徐母独自辛苦撑起这个家。可是在乡下人眼里，她只是个被丈夫和儿子丢弃的老太太。即使后来徐家有了木匠女婿入赘，全家一起赚了些钱，徐母也总是在乡里抬不起头。

然而这次徐悲鸿等人的归来，却改变了徐母的生活。大儿子国外留学多年归国，带着太太，还添了孙子。二儿子新娶了媳妇，这些人一起回来看她，这在乡里可是件大新闻。徐母的脸上洋溢着幸福的喜悦，她四处张罗着，筹备着，多希望所有人都看到她的孩子们回来了，并且如此的风光。一向节俭的徐母拿出不小的一笔数目来大摆筵席，让乡亲都来看看她荣归故里的孩子们。屺亭桥镇本来就不大，似乎所有的人都来到徐家看看远方来的客人。狭窄的路上挤满了大人小孩，放着鞭炮，人挤人的踮脚看着。

　　蒋碧微和徐悲鸿在一起之后，这还是第一次到徐悲鸿家里，也是第一次见到婆婆。她和表妹向婆婆行礼。徐母则是笑得合不拢嘴，一会儿摸摸佣人怀里的伯阳，一会儿打量着两个媳妇，吩咐三个女儿照顾客人。三个小姑在乡下长大，又是头一次见到两个嫂子，自然拘谨羞涩。而那位木匠女婿倒是很老实忠厚的样子。

　　正在寒暄之际，只听"砰砰……"地传来几声枪响，乡亲们反应快速，喊着"强盗来啦！"便四散逃去。蒋碧微和表妹哪见过这等阵势，吓得脸色苍白，腿已是动弹不得。徐母及徐家的几个人连忙拥着蒋碧微及表妹，还有佣人带着伯阳一起跑到屋子后面的柴房里。小姑们将他们塞进稻草堆里，并用稻草盖住他们的头。不知是太紧张害怕，还是稻草人密，蒋碧微只觉得无法喘气，心脏就快要跳出来。他们气都不敢喘地静静观察周围的动静。过了一会儿，听见急匆匆的脚步声，蒋碧微更是怕得不知所措。原来是徐母和几个小姑觉得将他们安置在柴房里还是不够妥当，又拉着他们向田地里面跑。路不平，加上心里紧张，蒋碧微跑得十分辛苦，也从来没有一口气跑得这么远过。几个人一直跑到邻村徐悲鸿的姨母家里，觉得安全了才开始歇息。这整个过程中，徐母和几个小姑始终尽力保全蒋碧微几个人，完全没有顾及他们自己的安危，这件事一直让蒋碧微十分感动。

自己安全了，蒋碧微仍然吊念着丈夫，不知道他是否安全。焦急地等到傍晚，徐悲鸿和寿安终于也来了。原来当时枪声一响，徐悲鸿反应十分迅速，跳起来就跑，一个人跑到谷仓里躲了起来。后来才知道，之前那伙强盗是要打劫河对岸的油坊，害得他们虚惊一场。

受了惊吓，蒋碧微几个人急忙包船返航。临走时徐母伫立在岸边，看着儿子儿媳带着行李离开，儿媳的怀里抱着还未看够的孙子，离别的情绪毫无掩饰地密布在老人的脸上。徐悲鸿向来是不太会洞察人心理的，本来和母亲关系就有些疏远，临走时也并没有对徐母多加安抚，寿安不知是否从小也和哥哥一样，此时也没有和母亲多说几句话或者许诺下次什么时候回来。过去的那几个小时的风光，仿佛一场梦一样，连鞭炮声和寒暄声都似乎萦绕在耳边，转身望去，那些人都不见了，只有一个老人孤零零地站在那里，满面愁容，马上又要继续着几十年如一日的困苦生活。蒋碧微很想对这个善良淳朴的老人说点什么，但是看看丈夫的表情，又觉得不合时宜，心中更加对婆婆同情起来。

回到上海，徐悲鸿应邀到中央大学任教，因此有一半的时间是在南京。后来他认识多年的好友田汉先生来找他，拉他一起创办南国社。徐悲鸿积极响应。田汉为了让徐悲鸿方便工作，在社里备了一间画室。从这以后，徐悲鸿便是一半时间在南京，一半时间在南国社。除了回家睡觉，蒋碧微很少能见到丈夫，更别说能照顾照顾妻儿了。

才过了几天惬意的日子，如今丈夫又对家里不管不问，蒋碧微很恼火。另外她一直担心丈夫与田汉先生的南国社办不成。再三考虑下，蒋碧微决定采取行动。

这天早上，徐悲鸿正准备去南京授课，蒋碧微拦住他，两人又一次发生争吵。蒋碧微指责丈夫把所有心思都用在工作上，把家当成了旅馆。徐悲鸿不以为意，他认为只是最近更忙了一些，而蒋碧微作为一个画家的妻子，应该理解这些。蒋碧微要求丈夫离开南国社。徐悲鸿一下子急了，激动地说："我决不能离开南国，离开就意味着背叛！"

蒋碧微大声说道："好！你不能背叛南国，那你就背叛我吧！我们离婚！"

"碧微，你冷静一些，不要说这些伤害感情的话。你我年龄都不小了。"

蒋碧微根本听不进去丈夫的这些话，在她看来，这些都是对她的敷衍。一起生活了这么多年，她是了解丈夫的。在生活上对家庭的忽视她可以忍，但是她最担心的是丈夫有时候做事太感情用事，这样很容易带来麻烦。

这依然是一次没有结果的争吵。徐悲鸿眼看来不及赶车，急匆匆地走了。蒋碧微无奈之下，只好自己采取行动。她叫了辆车，直奔南国艺术学院而去。到了南国社，蒋碧微将徐悲鸿的全部书籍、字画、画具都命人搬到车上，并告诉南国社的人，他们将要搬到南京去居住了，徐悲鸿不会再来南国社。

半个月后，徐悲鸿从南京回到上海，才听说妻子做了这样的事。虽然心里愤怒，但是毕竟妻子的话已经说出口，事情闹成这样，他也不好再到南国社去。而田汉也没有因此事怪罪他，他的离开也没有影响他们之间的友谊。

这件事让夫妻二人心里都很不痛快，争吵是不可避免的，"离婚"二字也说出了口，可是两人都知道，他们是分不开的。从十几年前他们一起私奔到国外，吃了这么多年的苦，如今又有了可爱的儿子，但凡是有些责任心的人，都不会轻易放弃这样的婚姻。

毕竟，他们在一起经历了太多太多。

不久徐悲鸿应邀到苏州艺专发表演讲，他便带着妻子一同去散散心。在火车上，徐悲鸿满腹心事。离开了南国社，于他来说就像一个战士离开了战斗的阵地。沿路的景色他都无心观赏。而坐在旁边的妻子，对此次旅行很是兴奋。她不住和丈夫说话，忽然，她像是想到了什么竟大笑起来，然后对丈夫说："悲鸿，你说，苏州的庙里此刻是不是还放着我那只装了石头的假棺材呢！"

本是一句笑谈，却也勾起了两人的无边往事。那时是爱情最美好的样子，他们渴望守护彼此，愿意拉着对方的手，直到天涯海角。此时他们各自陷入了沉思。如果时光倒流，他们还会不会做出同样的选择，去与对方不顾一切地私奔呢。

之后，夫妻二人又在福州住了两个月，又返回上海。之后才迁居南京，搬进了丹凤街中央大学的宿舍。这幢两层的旧式楼房里住了中央大学的四家教授。徐悲鸿除了分得卧室，学校还给他准备了两间房间做画室，并且每个月支付三百元现洋的薪金。

之前欠朋友的钱款都已还清，如今总算日子相对宽裕些。这令蒋碧微感到空前的满足。她其实是个多么容易满足的女人，只要有安定的生活，不为吃穿发愁，对她来说就是幸福的生活。

到了一九二九年五月，这时伯阳已经　岁多，每天满地跑。家里没有佣人，蒋碧微真是一步也不敢离开。同时，所有的家务都要她自己动手。徐悲鸿这段时间经常在中大熬夜作画，常常是整夜不归。而在这时，蒋碧微又怀孕了。孕期反应大，加上操劳过度，蒋碧微觉得自己实在无法支撑。在和丈夫商量之后，她准备了打胎药，想就这样不要这个孩子了。但是这药被来访的朋友看到，一把抢了去，并指责他们绝对不可以有这种念头。

到了十一月，女儿徐静斐出生，乳名丽丽。孩子出生时十分不顺利，连蒋碧微也差点有了危险。而丽丽出生后体重只有四磅，医生说多半是保不住的。可是还是发生了奇迹，丽丽不但一点毛病没有，身体竟然很强壮，并且从来不哭闹。长大了一点以后，丽丽更是聪明乖巧。

时间的流逝就这样流水般悄无声息。无论蒋碧微与丈夫是否还如曾经那般恩爱，日子总还是要过，无非是沉默着过，还是争吵着过。已经有了一儿一女，两人看似平静的生活，实际上处处的龃龉。

有一天，徐悲鸿花三十元稿费买了一块鸡血石图章，爱不释手。回到家他兴奋地喊妻子过来看，要她一起分享喜悦。对于这种兴奋，蒋碧微并无法感同身受。但当她得知这个图章的价钱之后，再次发了怒，举手将那块图章扔进了痰盂里。图章碎了一角，徐悲鸿的心也碎了一角。

第二天，蒋碧微到南京最大的一家绸缎商店，以同样三十元的价钱买了一件金色花纹的丝绒旗袍。穿着这件华贵的旗袍，她要徐悲鸿为她画一幅肖像。徐悲鸿一言不发，默默拿起了画笔。这是一个女人幼稚而又倔强的报复，她想表达自己的愤怒，而其实她心里也很难过，甚至心疼那三十元钱。

一个住在艺术殿堂里，一个身处柴米油盐中。两个人都开始对这段婚姻感到失望。他们谁也不愿意做出改变，于是再也迈不出相同节奏的步伐。

第四章

风雨飘摇——动摇与迟疑

不管丈夫如何解释，蒋碧微已经陷入悲伤的情绪里不能自拔。丈夫如此热爱艺术，对于一个年轻又多才的女学生，也会疼爱有加吧。这种想法折磨得她夜不能寐。然而她是不想因此就放弃这个家的。她变成一个多疑又敏感的女人。这之后，她设法从张道藩处打听这个女学生的情况，有时听说徐悲鸿会在绘画课上称赞和鼓励孙多慈，都让蒋碧微十分伤心。这一段时间，她所有的敏感神经都被带动起来，可谓是草木皆兵。她太在意丈夫了，也无法忍受一个女学生能够对她辛苦经营多年的婚姻造成威胁。而通常，敏感的女人另外一个特点就是，容易听信谣言。

「 别恋 」
只恐丹青画不真

　　蒋碧微夫妻在中央大学宿舍住了三年，在众多朋友的帮助下，终于建造了属于他们的家。位于傅厚岗的新居面积很大，一草一木都是蒋碧微精心置备的。这时她想到，家里实在缺少佣人。

　　早在一九三一年，家乡宜兴就来了两位佣人，刘妈和她的女儿同弟。当时同弟十五岁，到了南京正好帮忙带着丽丽。母女二人一直是蒋碧微的得力助手。后来蒋碧微的姐姐得知她这里缺少一位男佣看管院子，就推荐了史坤生。这孩子十分肯吃苦，眼里有活，蒋碧微对他很满意。蒋碧微和丈夫有段时间出国参展，史坤生想让他们回来以后看到花园弄得漂亮，每天要挑几十担水，加上修剪工作，每天十分辛苦。后来夫妻二人回国，刘妈说了几次同弟身体不舒服。直到有一次留法同学袁浚昌夫妇到蒋碧微家里做客，刚好袁先生是医生，便请他给同弟瞧瞧病。袁先生检查的结果竟然是同弟害喜了。等客人走后，蒋碧微将这件事告诉了刘妈。刘妈听后非常生气，一方面气自己的女儿不听话，惹出这等事，另一方面，她根本不喜欢史坤生这孩子。

史坤生自幼家贫，被父亲送给一位船家张三大。这张三大也是穷苦人。还好后来蒋碧微的姐姐替史坤生找了这差事，蒋碧微也十分同情这孩子，而史坤生本人也深知这一切来之不易，因而十分重视。

事已至此，蒋碧微建议刘妈让两个孩子结婚算了。刘妈没有别的办法，只好同意。就这样，在蒋碧微的操办下，两个孩子成了婚。第二年，同弟生下了一个男孩。后来又生了一个女孩，刘妈家三代人，就这样一直跟着蒋碧微生活在一起。

生活始终保持表面的平静。徐悲鸿每日忙于作画、教课，蒋碧微则劳于操持家务。这些年虽然一直没能得到丈夫的照顾和关爱，蒋碧微仍然对家庭尽心尽力。无论是在国外，还是归国后，她只能靠和朋友聊天看戏来排遣寂寞。无论怎样争吵，她的心始终没有离开过丈夫和孩子。而蒋碧微天生五官精致，气质出众，即使在婚后，依然有异性对她有所青睐。

中央大学宿舍里住着一位法文教授，叫作邵可侣，是位外国人，在法国有一妻一女。他和妻子都信仰无政府主义，因此从没有正式办过结婚手续。妻子的年纪比他大出许多，女儿却才六岁。做邻居的那段时间，徐悲鸿经常邀请他来家里吃饭。邵可侣知道蒋碧微喜欢音乐，每次到上海都给她带回唱片，两人也算是聊得来，而他每次见到蒋碧微，都是惊艳地称赞一番。蒋碧微当时以为这是外国人的绅士风度和习惯，并没有太在意。

有一次徐悲鸿去上海，蒋碧微和平时一样请邵可侣到家里吃饭。正在进餐时，邵先生突然激动地抓住蒋碧微的手。蒋碧微这才明白了他的心意，忙抽出手，退出了餐厅。后来他们再没有单独吃过饭。有一年暑假，邵先生的太太到中国来看他，蒋碧微仍然热情招待。

这位邵可侣先生倒是痴心一片。不久后蒋碧微和徐悲鸿之间发生情感危机，邵先生特意从北京赶到南京，到傅厚岗看蒋碧微。他知道当时蒋碧微夫妇的感情已经濒临破裂的边缘，于是对她说："你为什么不到北京来，你知道那里有一个朋友，他愿意照料你和安慰你。"蒋碧微明白他的意思，但也只是以苦笑作为回应。邵先生离开时，说第二天还会来。到了第二天早上，蒋碧微和丈夫说明了一切，并问他可不可以留在家。于是徐悲鸿没有出门。等到邵先生来了以后，几个各怀心事的人坐在一起攀谈了一会儿，他就起身告辞了。

在巴黎时，蒋碧微时常参加天狗会的活动。当时有一位比较要好的异性朋友张道藩。那时候他见蒋碧微独自一个人落寞，便和其他成员一起邀约她参加各种舞会，并且亲自教她跳舞。后来蒋碧微逐渐舞步纯熟，时常要张道藩做她的舞伴。其实当时在巴黎，已经有一些关于他们二人的闲言碎语，只是他们都不在意。不管张道藩对蒋碧微是否真的有心，至少蒋碧微是没有的。若她当时动了一点心思，又怎么会跟着丈夫回国，又生了两个孩子呢？

这天，徐悲鸿正在中央大学讲课，张道藩不请自来，见到了蒋碧微。正是这次见面，蒋碧微听到了关于丈夫在中大的一些消息。

当天晚上，徐悲鸿回到家，迎面感受到了妻子的怒气，和随后而来的质问。她接受不了一个自诩艺术家的人，却打着艺术的旗号与女学生暧昧不明。

徐悲鸿连忙向蒋碧微解释，她口中的孙多慈只是艺术系的旁听生，在绘画上很有才能，是个可造之才。而自己也只是爱才，对她很提拔，但只是师生情谊，并没有其他出格的事情发生。

蒋碧微听不下去了，虽然丈夫的回答里并没有显示出和女学生真的有私情，可是通过刚才从张道藩嘴里说出的一些消息，此时丈夫对孙多慈的任何赞扬和夸奖都能刺激到蒋碧微的神经。即便只是在绘画方面夸赞她，也令蒋碧微感到丈夫的心已经完全在这个女学生身上了。

情感上的打击已经让蒋碧微不能正常地思考，她无法客观理智地分析出丈夫和这个孙多慈究竟有没有亲密关系，从张道藩到来以后，她就似乎已经相信了这些谣言。

"原来这一切都是真的。"蒋碧微难过地自言自语，声音小得仿佛只有她自己能听得见。

"碧微，你听到什么了？"见妻子这种反应，徐悲鸿很担心地解释给她听。

不管丈夫如何解释，蒋碧微已经陷入悲伤的情绪里不能自拔。丈夫如此热爱艺术，对于一个年轻又多才的女学生，也会疼爱有加吧。这种想法折磨得她夜不能寐。然而她是不想因此就放弃这个家的。她变成一个多疑又敏感的女人。这之后，她设法从张道藩处打听这个女学生的情况，有时听说徐悲鸿会在绘画课上称赞和鼓励孙多慈，都让蒋碧微十分伤心。这一段时间，她所有的敏感神经都被带动起来，可谓是草木皆兵。她太在意丈夫了，也无法忍受一个女学生能够对她辛苦经营多年的婚姻造成威胁。而通常，敏感的女人另外一个特点就是，容易听信谣言。

一九三一年，日本帝国主义发动"九一八"事变，大举入侵我国东三省，东北大好河山转瞬间便成了日本侵略军的囊中物，这引起了全国人民的无比愤怒。徐悲鸿自然不愿看到这样的景象。他满腔悲愤地开始构思巨幅油画《徯我后》。然而如此敏感的命题，定是会引起关注和一些人的不满的。

这天晚上，徐悲鸿回到家，蒋碧微立刻就这幅画的问题询问他。作为一个中国人，蒋碧微深知祖国正陷入巨大的危机之下，也希望丈夫能在国难之时尽一份力。可是作为一个妻子，她不愿丈夫身陷危难，至少丈夫作这幅画的事，十分令她担心。徐悲鸿敏感地觉察到，这些话不是一个妇人能够想出来的，细问下才知道，原来白天时是张道藩来过了。徐悲鸿示意蒋碧微不需要再说下去。这下激怒了蒋碧微，一场争吵又是不可避免地发生了。

蒋碧微觉得委屈，她听不进去丈夫讲的那些道理，她只是觉得，丈夫不再疼爱自己，他的心思已经不在自己身上了，也不再顾及这个家。一方面她着实为丈夫所做的事情担忧，另一方面，女人的敏感和猜疑使她无法平静。

更令蒋碧微难过的是，丈夫竭力否认的事情，不久后就在中央大学里面传得沸沸扬扬。

「 坦白 」

被撕碎的残酷真相

一九三零年，于蒋碧微来说似乎是个不太舒心的年份。

对于丈夫与女学生的畸恋，若是普通女人，定会整日哭哭啼啼。可她一直持着隐忍的态度，想着，就算这位徐先生不在乎夫妻情谊，不在乎对家庭的责任，至少也要顾及他自己的身份地位。当时的徐悲鸿，也算是人尽皆知的名人，多少双眼睛盯着这位大画家的一举一动，更何况在学校里，闹了绯闻就别怕传得太快。

一天傍晚，徐悲鸿坦承自己近来感情上有所波动。蒋碧微面无表情地听着，竭力控制着自己的情绪。虽心中早已了然，一旦听到这些细节，她还是无法平静。这安徽女孩叫孙多慈，从安庆女中毕业后，到中大艺术系旁听。徐悲鸿发现这孩子有着非一般的悟性，认为她是个可培养的人才，于是经常单独辅导她，有时会把她约到画室为她画像。蒋碧微在宜兴期间，徐先生曾约孙多慈到家里。有次两人正在作画，孙多慈竟哀伤起来。细问缘由才知，她父亲原是孙传芳的秘书，后来军队战败，她父亲深陷囹圄，致使孙多慈一直生活在不安之中。徐悲鸿坦言，他听着她的身世，见着眼前这个可怜的人儿，竟无法抑制自己的情绪。

总是忍不住向丈夫发脾气的蒋碧微，得知这些竟然发不出任何声音。眼泪一直向下流，却不知道该说什么。今后的生活，孩子，外界舆论，她要如何面对，一时大脑空白，仿佛一根刺扎在她的喉咙里，只能无声地流泪。

自从两人私奔出国，这些年的相互扶持，虽说蒋碧微天生倔强独立，却也是拿丈夫做唯一的依靠。徐悲鸿对自己不算体贴，可以说当自己是孩子一样对待。如今丈夫身边来了位更年轻更惹人怜惜的。蒋碧微泪眼旁观，自己的丈夫如初恋男子般，似乎对所有事情更上心，整个人精神焕发。那一段时间，徐悲鸿早出晚归，全部精力都投入到教学中，当然，这其中包括对孙多慈的单独指导。蒋碧微对一切心知肚明，日日眼见丈夫的这些变化，内心自然是反复煎熬。她从不是委曲求全的女人，也从不想用眼泪换回感情，她隐忍，为的是保全两个人辛苦建立的这许多成就。但她是个好面子的女人，整件事最使她痛苦的，是身边朋友、学生、亲人的询问。她讨厌说谎，难受的是有些人已经对这事略有所闻，自己不便隐瞒。对此事一无所知的人，自己又不想像无助妇人般说上许多。

平日里经常会有徐悲鸿的学生来家里，或是请教问题，或是吃喝聊天。大家都会尊称蒋碧微为"徐师母"。因此在这一段谣言满天飞的时间里，学生们在师母面前也同样对徐先生颇有微词。中大的学生，自然都想多些得到徐先生的指导，可自从孙徐两人感情日益加深，徐先生的精力仿佛只肯放在孙多慈一个人的身上，致使其他学生暗自埋怨，说大家都是在"陪太子读书"。可惜这些话徐先生早已听不进去了。他对孙多慈的好，好像渗入到每一个小行为里。每天早晨他出门，都要找一些纸笔，画片，忙前忙后，带齐了才出门。学生们告诉蒋碧微，这都是给孙多慈带的。最令人难堪的是，徐先生会在酒席上趁人不备，拿些糖果装在口袋里，带给孙多慈。蒋碧微表面装作视而不见，内心则觉得自己的丈夫像是退回到十几岁的心理，仿佛这世间只有他和孙多慈两人了。

某天清晨，徐悲鸿正准备去上课，一个男同学跑过来气喘吁吁地说："老师，您今天不要到学校去了。"

"为什么？"徐悲鸿惊诧不已。

"教室里贴满了反对你的标语，连地上也用粉笔写满了，还把孙多慈的名字也搬出来。"

徐悲鸿大惊失色，他万万没有想到事情会发展成这样。一旁的蒋碧微心里苦涩极了，丈夫遭遇这样的事情，难道作为一个妻子她会多荣耀么？

两个人再次爆发争吵。

　　蒋碧微不是无知妇人，她深知争吵并不能解决任何问题，她这样的歇斯底里，也不会换回丈夫的一丁点重视，反而惹人生厌。可是，要她怎样控制自己的脾气？换作谁，能平静地接受丈夫的所有心思和感情都转移到了另一个女人身上？难道要她蒋碧微满脸笑容地将那个女学生迎进门吗？

　　不，她从来都不想那样有风度。

　　而住在中大女生宿舍的孙多慈，由于徐先生总是出入禁止男士的宿舍，一度被大家嘲笑和不齿。再无他法，孙多慈在校外租了房子，和孙母同住。

　　与外界相比，校园里这些只算是小绯闻。漫天的小报已将两人的事炒得沸沸扬扬。当时的南京《朝报》更是连篇登出这段畸恋，语言一次要比一次不堪。加之亲朋的疑问，蒋碧微就要这样一件一件地应付下来。而每一次应付，于她而言都是一次打击。真是应了那句话，万箭穿心，习惯就好。

　　有天徐悲鸿邀请盛成先生和欧阳竟无先生到画室参观近作，蒋碧微陪同。一进画室，便是两幅画赫然映入眼帘。一幅是徐先生为孙多慈的画像，另一幅题名《台城夜月》，画的是在高岗上，徐悲鸿席地而坐，孙多慈伫立在侧，两人共赏明月。蒋碧微看着这两幅画，顿时觉得过于刺眼，不管其他人有没有看到，她伸手将两幅画抽下交给一个学生，请他带回她家里。回家后，蒋碧微将《台城夜月》放于一旁，将孙多慈像放置在下房佣人的箱子里，并严肃地告诉徐悲鸿："凡是你的作品，我不会把它毁掉，可是只要我活在世上一天，这幅画最好不必公开。"见她态度如此强硬，徐悲鸿也没再提起此事。有趣的是，后来这幅《台城夜月》一直挂在夹板上，大概徐先生自己看着也不舒服，竟自刮了去，画了别的。

「 巡展 」

行走在婚姻的边缘

　　家事令人烦忧，但是徐悲鸿和蒋碧微永远是以国事为重。"九一八"事变以后，中国的国际地位每日愈下。国难当头之际，作为画家，或许能做的很有限。徐悲鸿想，如果能在国外举办一次中国近代绘画展，或许对提高国际声望是很有益处的。于是一九三二年底，由李石曾先生发起，徐悲鸿开始筹备展览事宜。

　　徐悲鸿考虑到，如果只是将作品带出国做展览，时常是画没卖出去，作品又容易受损，因此艺术家们是不肯将好的作品拿出来的，不如直接谈好价格，备款收购，再运出国展览。在李先生的帮助下，徐悲鸿到农工银行领了三千元用来收购作品。另外还需要准备旅费和展览费用。可是这一次银行却不肯借了。无奈之下，徐悲鸿抵押了房契，才又借到了三千元。

　　对于这次出行，蒋碧微并不十分想去。从孩子出生到现在，蒋碧微都是寸步不离，如今一走不知道要多少天才能回来，实在对孩子放心不下。可是她转念一想，如果她不去，丈夫会不会带孙多慈去呢？这个想法令她下决心一定要随行。同时她也想借此机会，与丈夫重归旧好，毕竟在她心里，从来没有放弃过这个家。于是蒋碧微将母亲从上海接到南京帮忙照顾家里，她开始忙碌着准备出国的衣服和用品。

蒋碧微夫妇这些年所结交的朋友遍布世界。因此在他们乘船离开时，许多亲友过来送行。当他们到达巴黎，亦是要拜访很多老朋友。到达巴黎后的一天，徐悲鸿要请两位外国艺术家吃饭，一位是意大利画家查侬先生，另一位是波兰女雕刻家米格米贡女士，同时还邀请了朋友常玉和蒋碧微的好友黄女士，并且借用常玉的画室宴请。

宴请的前一天常玉在蒋碧微家里，蒋碧微将买菜的钱先交给他，约好第二天早上一起买菜，徐悲鸿则第二天中午去找他们。第二天早上，蒋碧微如约到了常玉的画室，见到常玉已经买好了许多食材，连鸡都已经炖在锅里了。但是常玉说菜还是没有买齐全，于是两人再跑了一趟。出去了一个小时，十一点多回来，又来了一位朋友，三个人等徐悲鸿到一点多，见他还没有来，心想可能是临时有急事耽搁了，就先吃过午饭，接着准备晚饭。

到了晚上七点钟，宴请的宾客到了，徐悲鸿还是没有消息。蒋碧微十分着急，请常玉先和几位客人聊天，她偷偷地从后门出去，叫了车直奔家里。一路上蒋碧微心想，丈夫一定是忙得忘记了请客的事。可是到了家，屋内漆黑一片，丈夫并没有在家。无奈，蒋碧微又急忙赶回画室。到了九点，见丈夫还没有来，蒋碧微只好开席。

这实在是一顿极为尴尬的晚宴，主角没有来，剩下的几个人也有些担心他是否出了什么事。特别是作为妻子的蒋碧微，根本是食不知味。餐后，将客人送走，剩下常玉陪着蒋碧微等待，最后蒋碧微实在沉不住气，请常玉带她去警察局，询问今天是否有人出了车祸。警官说暂时没有听说，不过也有可能出了事第二天才得到消息。这下子蒋碧微的心更不安了。

越是没有消息，人越是习惯往坏处想。虽然这两年夫妻两人感情受到了极大的打击，但是毕竟一起生活这么多年，一起吃过那么多苦，蒋碧微对丈夫的感情自然很深厚。她无法想象，如果丈夫真的在异国他乡出了事，她一个人要怎么办？家里的两个孩子要怎么办？丈夫的事业刚刚到达这样一个高度，还没有真正地施展拳脚……越想越怕，蒋碧微这一夜都不曾入眠，只想着赶快天亮，就出门去找丈夫。

第二天，天刚蒙蒙亮，蒋碧微迫不及待地出了门，走到报摊前，将每种报纸都买了一份。翻来翻去，幸好没有看到什么坏消息。她又想到，无论如何也要先将家里的门打开。于是她找了一个开锁匠，正准备撬开房门的时候，家里的房门竟然响了。蒋碧微十分吃惊，接着，看到丈夫头发凌乱地走出来。

蒋碧微恼怒极了，又不好立刻发作，先给了开锁匠一点钱将他打发走。进了房间，蒋碧微气愤地质问丈夫这是怎么一回事。徐悲鸿每次和妻子吵架，多数都是沉默的，这次也是，沉默了半天。后来实在忍得难受，便大声反问："我昨天去，你们为什么不开门？"

蒋碧微被他这样一问，先是愣住了，几秒钟以后才明白丈夫说的是什么意思。

"你说这话是什么意思？你以为我做了什么？你以为我是什么人？"

这一连串的问题，又让徐悲鸿默不作声了。蒋碧微回想起来，大概是前一天她和常玉去买菜的时候，十一点左右，丈夫就提前到了画室，敲门没有人应，于是就起了怀疑。至于为何晚宴也没有出席，还一直把自己反锁在家里，也无非是存心的报复。

之后，常玉也是为了这事赶过来，得知人找到了，总算放下心，不过蒋碧微实在说不出口丈夫失踪的原因。

待丈夫和常玉都出去了，蒋碧微独自坐在家里生闷气。这时大使馆的职员来送护照，因为之前两人计划到布鲁塞尔参展。蒋碧微的倔脾气来了，索性拿着护照一个人去了。临走给丈夫留下一张纸条，上面写着："我走了。"

蒋碧微清楚，丈夫并不知道护照已经送回来的事情，因此不会猜到她一个人去了布鲁塞尔，不知道会不会像她找他那样心急如焚。有时候她觉得好笑，这夫妻二人，孩子都生了两个了，竟然还像小孩子一样相互斗气。

到了布鲁塞尔，蒋碧微直接找到老友沈宜甲先生。沈先生见蒋碧微独自一人前来，知道一定发生了什么事情，于是一再追问。蒋碧微只好如实回答。沈先生想到一件非常要紧的事，就是关于护照的问题。由于蒋碧微拿的护照是"徐悲鸿暨夫人"的，如今护照在蒋碧微手里，徐悲鸿是无法过来的。于是沈先生赶紧将护照邮寄给徐悲鸿。徐悲鸿收到后，知道妻子安好，便也放心了，准备好了行装，到了布鲁塞尔和妻子会和。

两人见了面，毕竟是夫妻，之前的小插曲也就过去了。蒋碧微觉得，丈夫还是关心在意自己的，至少他还会为了她和别的男人在一起而吃醋，甚至发火。他们在巴黎先后住了几个月，这期间两人都没有再提起过孙多慈，这令蒋碧微很高兴，悬在心上的事情，终于慢慢地淡化了。或许丈夫之前真的只是一时冲动，误判了自己对孙多慈的感情。蒋碧微觉得庆幸，当初选择和丈夫一起出国参展，果然是很明智的选择，也许这次出国，真的是他们夫妻间化解矛盾、恢复关系的良机。

可是不久后的一个发现，让还在沾沾自喜的蒋碧微瞬间坠到了谷底。

徐悲鸿早年在巴黎美术学校读书时，所住的宿舍有一位非常和蔼的门房，这位老人对每一位学生都非常照顾。同时，他还有一个喜好，就是向每一位在这里居住过的学生求一幅画。当然，如果他能将这些画保存好，到现在真是很大一笔财富了。当年徐悲鸿也送过他一幅画，他还请蒋碧微吃过饭。

而这次蒋碧微夫妻居住在巴黎，所有信件都是由大使馆代转的。可是蒋碧微竟然发现，有一个秘密转信的人，这个人就是那位门房。原来徐孙二人还有来往。

在一九三三年五月十日这一天，巴黎市中心公各尔广场的国立外国美术馆举办了这场中国近代绘画展。整个展览过程中，观众人数众多，引起的反响也超乎想象，多个国家都对此次展览进行了报道。诸多佳作被法国政府收藏。这之后，徐悲鸿应邀到了德国、意大利等国家举办展览。这一路，妻子蒋碧微都是悉心照料，并且对丈夫所取得的成就感到骄傲。每到一个国家，蒋碧微都会被当地的美景和文化深深吸引。在"水都"威尼斯，蒋碧微第一次看到这样的建筑和这样多的桥。整个城市的交通都在水上，一座座房子建在水边，特别是到了夕阳西下的时候，宛若一座座宫殿，简直美极了。在圣马可大教堂，看着教徒们虔诚的眼神，蒋碧微仿佛也被净化了心灵。

在米兰，他们参观了一座很宏伟的天主教堂。这座教堂全部由大理石建造而成，加上精美细致的雕工，真使人叹为观止。那天正是圣诞夜，蒋碧微和丈夫有幸看到了规模盛大的弥撒活动。在庄严虔诚的气氛下，夫妻二人也深受感动。

后来到了罗马，徐悲鸿给蒋碧微介绍达·芬奇的作品《最后的晚餐》。虽然蒋碧微对绘画不是特别懂得，但看到如此珍贵的作品，心里仍然是激动不已。

在德国柏林，蒋碧微有两件事算得上很大的收获。一方面是当时居住在李田丹夫妇家里，与其二人结下了深厚的友谊，后来他们到了南京，归化中国国籍，还和蒋碧微夫妇一起度过了很长的一段快乐的时光。另外就是在德国的一位很著名的雕塑家霍夫曼先生，为蒋碧微塑了一座半身像，后来蒋碧微夫妇将这塑像带回国了。

夫妻两人到达热那亚，但是由于画箱转运还需要几天的时间才能到达，必须在这里等待。徐悲鸿和蒋碧微说，希望她能留在这里等画箱，他则想去西班牙游历几日。因为马德里的博物馆世界闻名，里面有很多珍藏的艺术品和名画，他十分想去看一看。蒋碧微只简短地回答他："不，我绝不。"由于之前丈夫和孙多慈私下通信的事情，蒋碧微对丈夫毫无信任可言，如今对他的要求也十分反感。她甚至觉得丈夫想抛开他，是为了方便和孙多慈联系。而面对妻子的拒绝，徐悲鸿十分生气，后来每次提起此事，他都埋怨妻子当时不通情理，导致那么好的机会下，他都没能成行，甚至他一生都没能到西班牙一趟。

再后来，两人经过了雅典、君士坦丁堡，越过黑海，直到奥德萨，总算结束了轮船上的行程。接着再坐火车到莫斯科。沿途一路平坦，这里的景色和家乡的江南完全不同。可是蒋碧微根本无心赏景，始终郁郁寡欢。

到了莫斯科，夫妻二人被对外文化局的招待人员接到红场附近的大都会饭店住宿。两人在莫斯科四处游玩，身边带着苏联对外文化局派来的一名翻译。在经历了一段时间的筹备之后，一九三四年五月一日，中国近代绘画展览在红场历史博物馆开幕。画展盛况空前。徐悲鸿归国后撰写的《在全欧宣传中国美术之经过》一文中曾记录了当时的情况：

开幕后，参观者之踊跃为各处所不能比拟，有重来五六次者。尚有一可注意之事，即在他国画展中，参观者多半是知识分子，而在苏联，除知识分子外，大半是工人农民。彼等伫立凝视，在一幅前探索玩味，苟遇我在，必寻根究底，攀问各画内容。彼等对美术兴趣之浓厚，不但中国工人阶级所不及，虽各国之时髦绅士亦难比拟……彼等认为自大革命以来，这是最有兴趣、最大规模之外国展览。

在展览期间，徐悲鸿还被邀请到诸多院校进行演讲。同时，在这段期间他们夫妻也结识了许多外国友人。

在莫斯科期间，除了平日里必要的工作和应酬，蒋碧微夫妇最喜欢的就是穿梭在大街小巷里淘一些好玩的物件。而徐悲鸿最常光顾的就是古董店和画店。可是这还是制造出了两人争吵的机会。

　　当时在苏俄，卢布也有官价和黑市。但是他们在那里人生地不熟，根本没有办法兑换到黑市卢布。可是以官价购买一些物品，蒋碧微又觉得很不划算，因此遇见喜欢的东西也舍不得花钱。有一次她跟着丈夫进了一家商店，丈夫购买了许多艺术品，价格核算起来还不少。蒋碧微连忙阻止丈夫，和他说这样买很不划算。可是丈夫只是笑笑，从身上拿出大把的卢布票付清了货款。蒋碧微这才知道，这是公使馆的吴南如代办给他们的零用钱。

　　蒋碧微因此很生气，她最恨的就是丈夫在金钱方面隐瞒自己，这使她十分难受。隐瞒代表着隔阂，丈夫将钱藏起来，说明他和自己已然不是一条心。而徐悲鸿之所以这样做，是怕妻子将这些钱乱花，她通常喜欢买的东西，都是徐悲鸿觉得不值的。

　　这天两人带着三千卢布走进了一家艺术品商店，徐悲鸿看到一件非常精美的人物雕塑，要价刚好三千卢布。他十分中意，决定买下。刚要付钱，蒋碧微反对说："你总是偷偷花钱买这些东西，我也想买一些自己喜欢的物品。"蒋碧微不是不能体谅丈夫热爱艺术的心情，可是作为一个女人，她也有自己的喜好，有自己的眼光。她不是丈夫的附属品，出国这么多天，她也有许多自己中意的物件想带回国去。于是蒋碧微拿着这三千卢布，买了一套西餐餐具，纯银镀金，样式是仿照沙皇皇宫的餐具，总共一百二十件，十分气派。由于苏联禁止出口，后来蒋碧微将这些餐具放在书箱的底层，才在回国时逃过了检查。

　　另外，徐悲鸿最厌烦妻子买的东西便是皮货。莫斯科的皮货十分便宜，价格差不多是国内的四分之一。蒋碧微实在不愿错过这个好机会，于是委托使馆的职员，帮忙兑换了一些黑市卢布。在回国之前抓紧时间买了三件狐皮，自己买了一只狐围领。虽然花了不少钱，但蒋碧微觉得算是赚到了。可是丈夫因此有些不高兴，他觉得买这些皮货，不如买艺术品来收藏。不过两人已经很少为了这些事情吵架，因为根本吵不出结果。不过这些狐皮并不是蒋碧微为自己买的。分别送给了两边的老人，最好的一件火狐皮，给徐悲鸿做了一件狐皮袍子。后来有一次几位老友在谢寿康先生家里吃饭，张道藩先生提起他有一件猞猁狲皮大衣，徐悲鸿这时伸手一翻自己的皮袍，十分得意地炫耀着说："各位看看，兄弟这件皮袍如何？"洋洋自得的神情气坏了蒋碧微。她想，若不是她当初坚持，哪里来的这件皮袍。当初为了买这些，丈夫还和她老大的不愿意，仿佛她买了这些都是为了自己。如今他却在这里炫耀起来。于是蒋碧微冷冰冰地说："你也不想想，这件皮袍是怎么来的？"徐悲鸿没有接话，场面一度陷入尴尬。后来谢先生还私下里劝蒋碧微说："你这又是何必呢？"

　　唉！很多时候蒋碧微也不愿发作，得过且过目前是两人的共同目标。她承认自己天生固执，受不得气，吞不下苦水。有些事情她已经睁一只眼闭一只眼，可是该到发火的时候，又实在装不下去。虽然这样常常惹得丈夫不高兴，甚至有时候在朋友面前丢了面子，蒋碧微心想，她这辈子，恐怕是改不掉了。

「 赴宴 」
留住爱情

回国后，徐悲鸿听到的第一个消息就是，他的好友高奇峰先生不幸因病去世。徐悲鸿想到过去与好友一起的种种，不禁潸然泪下。

那一段时间，亲朋好友听说他们这一次出国展览取得了如此大的成功，无不相约设宴庆贺，蒋碧微夫妇每天时间排得满满的。

有一次好友戴季陶先生请蒋碧微夫妇吃饭。席间正聊得高兴，戴先生忽然问徐悲鸿："你有这么理想的一位夫人，为什么要取名悲鸿？"徐悲鸿听后愣了一下，一时之间不知如何作答。蒋碧微想说点什么化解尴尬，还是徐悲鸿抢在前面，"我取这个名字，是在认识碧微以前。"这个回答合情合理，只是在座的宾客当中，大概也有人知道了他们夫妻之间的问题了吧。却不知戴季陶在问徐悲鸿这个问题时，是否也是话里有话呢？

平日里，蒋碧微和丈夫越来越无话可说，看着丈夫的心思逐渐离开这个家，蒋碧微也冷静了许多。爱或不爱，相守或者分离，已经不是她一个人说了算的。

一九三四年秋天，在徐悲鸿的带领下，中大艺术系的学生准备前往天目山写生。这一行有几十人。蒋碧微托人打听，是否其中包括孙多慈，得到的答案是肯定的。于是她前思后想，是否自己应该随着丈夫一同去。毕竟此次出行时间不短，又是去那青山绿水中，想起来实在不愿让他们有这样的机会。可是内心挣扎了许多天，她还是决定不去。长久以来蒋碧微被丈夫和女学生的事情所累，身心俱疲。有时候她真的很想让事情发展得快一些，再快一些，她倒要看看，最后的结果是什么，是否丈夫真的就一直这样固执下去，是否这个孙多慈真的会取代自己的位置？

如果结局已经注定，那就快一点到来！

在中大的最后一个学期，孙多慈很少到学校上课了。一方面她还是比较投入在绘画方面，想多花些时间专心练习。更重要的原因是，整个中大已经将她和老师在一起的事传得铺天盖地，她走到哪里都有人对她指指点点。因此在其他人的嘲讽和白眼面前，孙多慈始终选择沉默。在学校里，有些学生对于这段师生恋是颇为不满的，甚至言辞激烈地当面指责。孙多慈从不争辩，总是默默远离这样的场面。蒋碧微想，或许这样的她，更让丈夫心疼吧。再想想自己，这些年真是一如既往地倔强着，有太多的不能忍受，所以才有了那么多次的争吵。

可是，要自己改变成别人喜欢的样子，就能过自己想要的生活吗？

蒋碧微打听到，孙多慈的长期缺席并没有影响她顺利毕业。毕业之前，徐悲鸿为了她的事到处奔波忙碌。他先是利用和中华书局的关系，为孙多慈出了一本素描画集，并到处分送。要知道，无论水平高低，一个还未毕业的学生想出画集，那可是比登天还难的事情。有多少画了多年的画家可能都一直无法实现。徐悲鸿这样做的用意，是想提高孙多慈在绘画界的声誉，让多一些人知道她，熟悉她，并且看到她的天赋和努力。这样将来一旦有好的机会，便会有人想到她。而这之后徐悲鸿想做的，当然是所有毕业学生都梦寐以求的一件事，出国学习。

当时国内每年选派的出国学生名额十分有限，更重要的是官费很难批下来。当时比利时退回我国的庚子赔款，设有专门的中比庚款管理委员会。这笔费用可以用于选派学生出国。徐悲鸿找到谢寿康先生，他知道谢先生和委员会的两位成员很熟，希望他能帮忙。自然，这出国学生的名字，也不可能瞒过谢先生。事情传到谢太太耳朵里，同样作为女人，她不忍心看着蒋碧微被这样蒙在鼓里。于是来到蒋碧微家里，将事情告诉了她。蒋碧微清楚，如今丈夫是在帮着孙多慈筹划将来呢。

等到当天晚上丈夫回到家，蒋碧微异常冷静地对他说："你知道我的性格和脾气，任何事情只要预先和我讲明白，一定可以做得通。

如果瞒住我，我可非反对不可。"丈夫听后没有反应，使着他一贯的回应方式——沉默。

这些话说完以后，事情并没有就此过去，蒋碧微等着看丈夫接下来的行动。让她失望的是，丈夫并没有就此罢手，而是继续为了女学生出国的事情到处托人。无奈之下，蒋碧微只好采取行动。她知道丈夫找到了褚民谊先生帮忙，于是她给褚先生写了一封信，信中原原本本地说明了这件事的实情。几天之后褚先生下帖子请客，徐悲鸿和妻子都在被邀请的名单之中。宴席期间，蒋碧微心里是有些忐忑的，她在揣摩褚先生这一餐的用意，是想向徐悲鸿表态他所求的事有眉目了，还是想和蒋碧微说些什么呢？

宴席结束后，褚先生特意请蒋碧微留下。他十分关切地询问这件事的来龙去脉，蒋碧微全部告以实情。趁褚先生沉思之际，蒋碧微向他确认：是否丈夫托他帮忙为孙多慈批官费？褚先生点头，但是接着又说："这件事本来就没有希望。"于是后来孙多慈也没有出国学习。可能到最后，徐悲鸿也不知道，妻子在这件事里面还掺和过。

到了一九三六年，夫妻二人的关系已经到了濒临决裂的程度，家里没有一点温馨的气氛，他们除了日常非商量不可的事，就再没有别的话了。蒋碧微满腹的怨气无处发泄，急需找人倾诉。想来想去，身边的朋友如果知道得多了，毕竟对丈夫的名声有影响。

此时的她，还是对婚姻没有放弃的，即使丈夫对这个家和自己已经没有心思和兴趣，但至少有孩子在，有这些年的感情在，家还是能维系的。于是蒋碧微回到宜兴，在姐姐家住了一段时间，借此机会和姐姐好好倾诉一下心中的烦闷。

第五章

踌躇不定——为之舞蹈又避之不及

只有蒋碧微知道，破碎了的镜子，就算粘得再完美，也还是有裂痕的，更何况是人心。大家你一言我一语地开着玩笑吃着螃蟹，而蒋碧微却食不知味。她这一生大概不会有所建树，甚至可能会碌碌无为过下去，可是她偏就天生一副傲骨，绝不肯为了任何人任何事而忍气吞声。想到这里，蒋碧微望向丈夫：这个人，她真的能不计前嫌和他重新开始生活吗？想来想去，答案只有一个：顺其自然。很多事都无法强求，尤其是感情。毕竟他们二人都已尽力挽回，至于结局如何，各安天命吧。

「 寻夫 」

再也回不去的爱

一九三六年，南京政治局势动荡，很多知识分子开始辗转其他地方。徐悲鸿希望迁居广西。

此时徐悲鸿一直住在沈宜甲那里，夫妻关系很紧张，两人很久没有见面。

后来，徐悲鸿派人收拾了东西，动身去往广西，于是与蒋碧微有了一次见面。

两人关系出现裂痕，但终究还是彼此关心。蒋碧微叮嘱徐悲鸿不要太多卷入政治纷争，要照顾好自己。至于这段婚姻，可以再理智思考决定。

徐悲鸿则表示，去广西只是暂时的，他买了往返的船票。

徐悲鸿去广西之后没有几个月的时间，广西当局与中央政府出现分歧，形势十分紧张。蒋碧微担心影响到丈夫以后回南京，耽误了他的前途，于是决定亲自到广西去找丈夫回来。可是朋友们听说蒋碧微要一个人这时候到广西去，都十分不放心，说当时的广西局势，实在不宜一个女人独行。万一发生什么意外，要父母孩子怎么办。可是蒋碧微坚持要去。抛开家庭纠纷不谈，她还是担心丈夫的安危的，希望丈夫能够平安归来。

蒋碧微买了船票，先由上海乘船到香港。在香港，蒋碧微发现很多的广西富太太都跑到了这里，以保自身安全。再想到自己，偏要在这个时候跑到最乱的地方去，究竟值得不值得？

从香港坐火车抵达广州，再从广州坐车到三水。这时的蒋碧微就已经精疲力竭。可是她还是想早一天见到丈夫，竭力劝他回南京。接着蒋碧微从三水坐轮船到梧州再到南宁。上了船她发现，整条船上就只有她一个女人。当地正值炎热天气，蒋碧微在这种环境下，不能沐浴不能更衣，实在是遭罪了三天。就这样挨到了南宁。其实对于蒋碧微此次来广西，徐悲鸿并不十分了解她的用意。然而他还是去接妻子，同行的还有广西省政府总务处长孙仁霖先生。

见到丈夫，两人在房间里面对面坐下。蒋碧微坚持要丈夫跟自己一起离开。徐悲鸿不肯，两人陷入沉默。

蒋碧微能理解丈夫的想法，从刚才一系列的细节可以看出，徐悲鸿在广西被众人奉为上宾，若是现在和妻子回南京，在道义上是说不过去的，徐悲鸿也不容许自己做那样的人。既然丈夫这样说，蒋碧微也再不好提起回南京的事。

这样在南京住了五六天，丈夫没有要和她一起回去的意思，蒋碧微准备返回南京。可是孙先生诚心挽留她，提议让他们夫妻二人在广西游玩几个地方，也算没有白来一趟。于是蒋碧微和丈夫开始了几天的广西之行。从柳州到桂林，再到阳朔。一路上风景秀美，气候宜人，蒋碧微虽然和丈夫依然没有过多交流，也总算散了散心。返回南宁的途中，有一次路过柳州。徐悲鸿不知道为何突然想要蒋碧微从柳州直接回南京。蒋碧微气愤地拒绝了，坚持一起回到南宁再回南京。

到达南宁后，蒋碧微托孙仁霖先生帮忙买船票，孙先生的建议是：明日有一场就职典礼，蒋碧微可以多留一天参观，而且广州到时会有飞机来接人，蒋碧微可以搭乘这辆飞机。说完，他就急忙出去张罗蒋碧微的事情了。

看着孙先生急匆匆离开的背影，蒋碧微心里十分苦涩。自己之前在柳州，严词拒绝丈夫要自己直接回南京的提议。之所以如此生气，是她觉得丈夫从来没有设身处地地为她着想。从柳州出发，没有飞机可乘，她一个女人，本来就处于局势动荡的时期，要怎样奔波回到南京？丈夫比自己年纪大，难道这些问题他会想不到吗？他不是想不到，而是根本不在意自己的安危，不在意自己是否一路劳苦。其实这些年，每次两个人一起出行，丈夫对自己从来都没有将自己当作女人来体贴照顾，而是以男人的标准来要求她。而如今刚认识没有几天的孙先生，竟能为了自己出行的这么一件小事，到处做安排，更令蒋碧微难过。难道和丈夫这么多年来的感情，都比不上一个陌生人吗？

是啊，始终都没有体贴过自己，又何来的感情呢？想到这里，蒋碧微觉得自己真是凄凉极了。

等到飞机到达的那天，蒋碧微乘车到达了机场。可是发现座位有限，实在没有她的位置，孙先生说，第二天还会有飞机来接，请她再多留一天。那天正好受到一位夏将军晚上宴请，蒋碧微便和丈夫一同参加。当时赴宴的还有白崇禧夫妇以及一些官员带着家眷。宴会中大家都比较放得开，各种话题尽情聊。徐悲鸿对这种场合一向是疲于应付，话不多，表现得没什么兴趣似的。中途有人问蒋碧微关于男女之间的意见。蒋碧微暗想，在座的各位哪个不知道他们夫妻之间有问题，问这个话题不知是给谁难堪呢。于是她语气略带讥讽地回答说："女人应该嫁鸡随鸡，嫁狗随狗。"却不曾想这样的回答让丈夫十分不满意。他瞪圆了眼睛看着妻子，板起面孔认真说："我不是鸡，也不是狗，我就不要谁来随我。"本是一句玩笑话，却惹得丈夫如此愤怒，蒋碧微也是无奈，房间内的几位客人了解其中的意思，也就假装没有听见，继续聊天。

蒋碧微心里苦笑，她和丈夫竟已到了无法沟通的地步。总之，讨厌了的人，做什么都是惹人生厌的。

原来这才是一切矛盾的根源！

到了第二天，蒋碧微顺利搭上飞机。这是她第一次体验空中航行，有一些紧张。徐悲鸿送她到机场，没有任何嘱咐。等到飞机起飞，蒋碧微坐在飞机上注视着那只转动中的引擎，心想，如果此刻这引擎停止工作，自己这条命也是要不得了，这或许对她来说是件快事。

回到南京，蒋碧微重新打起精神，料理家事，抚育两个孩子。生活总还是要过下去。没有了丈夫，而且这么长时间也没有等来丈夫的一句交代，蒋碧微只好自食其力。她托朱骝先和张道藩两位好友帮忙找份工作。就算丈夫不为家里考虑，她绝不会让自己的两个孩子受苦。一直以来朋友们都知道他们夫妻间的嫌隙，不便出手帮忙。不过现在大家都知道徐悲鸿一走了之，对家里又没有一个交代，于是张道藩介绍蒋碧微到中法友谊会担任干事。

在中法友谊会工作期间，蒋碧微有一项重要任务，就是筹备联谊茶会。这活动是一些外国嫁到中国的太太们每星期聚会一次，而这些具有双重国籍的女人们聚在一起最常说的，就是批判中国。蒋碧微虽然生气，但是作为干事不能表现出来，这令她很是尴尬。不过整个工作期间，她都十分认真卖力。她想，自己可以把这个家扛起来。

到了一九三七年春天，生活波澜不惊地过着。蒋碧微习惯了早出晚归，习惯了生活上的大小事务全由自己费心拿主意，也习惯了没有丈夫的消息。孩子们偶尔问起爸爸去哪了，蒋碧微回答说在很远的地方作画。当被问到，什么时候回来时，她只回答：就快了。

这天，谢寿康太太打电话给蒋碧微，说接到了徐悲鸿的一个电报，说自己明天到南京。蒋碧微十分惊诧，丈夫怎么会在这个时候突然返回。蒋碧微问谢太太，这个电报从哪里发过来的？谢太太回答说是怀宁，接着又问：怀宁是哪里？蒋碧微没好气地回答：怀宁就是安庆！

安庆是哪里？就是孙多慈现在居住的地方。这一细节令蒋碧微了解了丈夫归来的目的。

到了那天，蒋碧微带着两个孩子早早地到码头等候。孩子们许久不见爸爸，这天兴奋极了。可是蒋碧微见到丈夫，完全没有亲切的感觉。在丈夫回来之前，她就已经做了一些准备。由于丈夫始终没有表明态度，他与妻子到底是什么关系？他又要如何处理他与孙多慈的关系？妻儿的将来他要怎样安排？丈夫这次明显是在孙多慈那里碰了壁，才想到这里还有一个家，可是他回来究竟为着什么？在这些事情都没有一个交代之前，蒋碧微也不清楚该拿他当作什么样的关系来接待。于是她让出了自己的卧室，自己睡到外面的房间，丈夫的行李也叫佣人收拾好后依然放回他的箱子里。这种待遇和之前主人的完全不同，徐悲鸿十分不适应，他知道妻子这是在和他作对。

　　徐悲鸿此次回来只打算住两个星期，并且还要到上海去处理一些事情，蒋父蒋母听说女婿回来十分高兴，并希望女儿全家都能够到上海去探望他们。蒋碧微知道老人迫切见到两个外孙，两个孩子又正值暑假，这时候去上海还是很合适的。可是一想到要同丈夫一起出行，蒋碧微真是怕了。每一次和丈夫一起奔波的情景都历历在目，全部都是惨痛的经历。但是想到年迈的父母，这些年自己都没有很多时间陪在他们身边，如今真该尽量让他们多见到外孙。于是蒋碧微和丈夫商量，让他带着两个孩子一同去上海。看到丈夫脸上现出为难的神色，蒋碧微马上补充道，将刘妈带在身边帮忙照顾两个孩子，整个旅途中都不需要丈夫费心照料。徐悲鸿这才答应了，并说他会托人去买票。然而就是这票，让蒋碧微的心又一次被刺痛了。

　　到了出行的这天，孩子们跟着大人雀跃着上了车。蒋碧微拉着两个孩子，跟在丈夫身后。走到二等车厢，丈夫坐下了，告诉他们，刘妈和孩子们的座位在三等。蒋碧微没有说什么，拉着孩子，带着刘妈一节车厢一节车厢找过去，走了好长的一段距离，才找到他们在三等车厢的位置。蒋碧微内心不断地翻腾着，丈夫竟然狠心自己坐在二等座位，而为了省下三元七毛五分钱，让两个孩子挤在三等车厢。他这样做，无非是不想沿途还要照顾两个孩子，生怕孩子打扰了自己。蒋碧微内心愤恨不已，但凡丈夫对这两个孩子有一丁点儿感情，会做得出这样的事情吗？

车还没有开，学生吴作人跑过来，说徐先生叫刘妈带着两个孩子去前面，二等车厢的厕所旁边有佣人坐的位置，可以把他们安排在那里。蒋碧微立刻说不必，奈何吴作人一再坚持，想到一路上两个孩子还要遭罪，蒋碧微实在不忍心，就又带着孩子一节车厢一节车厢地返回去。走到徐悲鸿的位置，吴作人提议给他们全家拍一张全家福作为纪念，蒋碧微拒绝了，转身径自下车。

回家的路上，蒋碧微气得双腿发抖。若是丈夫想要省钱，大可以自己也买一张三等座。而他今天的做法，分明是只考虑了自己。对自己的亲骨肉都如此绝情，何况对其他人呢？蒋碧微心灰意冷。

「 前奏 」
分离已是注定

　　为了不使自己太难过，这之后蒋碧微全身心投入到工作中，努力做到不去在意那些会对自己造成伤害的消息。不久后她收到徐悲鸿的学生张安治寄给她的信。

　　张先生之前就和蒋碧微关系不错，很敬重这位师母，并且对老师的做法不是很接受。当时他和徐悲鸿同在桂林。他在信中描述了这样一件事：当时广西北部时局动荡，又逢灾荒，大批的难民涌向桂林。有一天，一大批难民跑到省政府请求救济，徐悲鸿在难民之中发现一个女难民，身材和容貌都颇出色，很适合做绘画的模特。政府的官员于是找到女难民的父母，提出找他们的女儿做模特。谁知这两位老人竟想借此事赚点钱，还提出了不小的数目。徐悲鸿一听价格立刻决定放弃。过了几天两位老人又将女儿送了过来，也没有再提钱的事。大概在那个时候，能吃口饭就很好了，他们也不希望女儿饿死。

　　张安治不仅详细叙述了此事，还将这女难民的照片发过来给蒋碧微看。蒋碧微看后，心情没有一丁点波澜，因为这种事在她看来已经算是小事了。

到了这年的七月七日，卢沟桥事变爆发。到八月中旬，南京每天都有空袭警报。整个城市都陷入恐慌之中，人们每晚和衣而睡，白天更是时时做好了准备。只要警报一响，人们便开始四处逃散。为了安全起见，蒋碧微将伯阳和丽丽，连同两个侄子一起送回了宜兴。好友谢寿康先生将太太和儿子送回了上海岳母家去，便搬到了蒋碧微家里住。当时在蒋碧微家里避难的还有徐悲鸿的学生顾了然。另外郭有守先生把太太和孩子们送到了四川，每天也在蒋碧微家和大家守在一起。郭先生还找了几个工人，在蒋碧微家的园子里挖了一个防空洞，几个人算是有了一个稍微安全点的避难所。

也许是那段时间受了惊吓，吃饭睡觉都不安定，蒋碧微竟开始高烧几天不退。谢寿康担心她出问题，于是通知了张道藩。张道藩一向十分关心蒋碧微，对这个丈夫常年不在身边的女子很是怜惜。他得知情况后马上将蒋碧微送到医院，悉心照料，直到蒋碧微痊愈。

不久后的某天夜里，蒋碧微还没有睡熟，忽然听到门铃响起来。蒋碧微心惊起来，这半夜里来拜访的人，该是有多要紧的事呢。她没有叫醒佣人，也担心惊醒了谢先生他们，于是走到阳台上问了一声是谁。听到对方的回答，她听出来门外的不是别人，正是自己的丈夫。他怎么会这个时候突然回来？蒋碧微满心疑惑走下楼去，打开大门。只见徐悲鸿拎着皮箱，没有看妻子一眼，低着头径直向房里走去。这时睡在饭厅的谢先生听到声响，也起来看是何事。见到徐悲鸿，两人一起走进了饭厅。蒋碧微一直跟在丈夫身后，听到谢先生和丈夫开始谈论国事，她实在不感兴趣，于是走上楼，把卧室的卧具抱到后面的起居室，然后将丈夫的被褥铺好，关了门睡下。过了一会儿，听到丈夫上楼的脚步声，蒋碧微也没有出声。徐悲鸿看到床已经铺好，妻子不在，心里也知道是什么意思，就躺下睡了。

第二天徐悲鸿走后，谢先生高兴地和蒋碧微说，徐先生果然是在意你的，知道你病了，立刻跑回来看你。原来蒋碧微生病以后，谢先生赶忙写信给徐悲鸿告知此事，在信中将她的病写得很严重。谢先生说："你总是说你们夫妻二人情义已尽，若真是那样，悲鸿怎么会这么急着回来看你呢。"蒋碧微仍然觉得奇怪。就她对徐悲鸿的了解，加上他们夫妻如今的关系，丈夫是不会因为她的病而回来的。后来事实证明果然如此，当天晚上谢先生询问蒋碧微出院之后身体恢复得如何，徐悲鸿满脸错愕地看着蒋碧微，明显他是不知道妻子入院的事的，至于谢先生费心写的那封信，他也根本没有收到过。

丈夫回来的第三天，蒋碧微正躺在床上休息，见他冷着脸走过来，盯着蒋碧微说："我有话要跟你讲！"

在蒋碧微与徐悲鸿之间大大小小的无数次争吵之中，每次都是蒋碧微按捺不住怒火，徐悲鸿处于下风。这样的情景倒是鲜见。

回家以来，徐悲鸿本有心修复两人的关系。但是事实上两人关系依旧紧张，像是同一屋檐下生活的陌路人。所以心中有些怒火。这天一股脑发泄出来，指责蒋碧微对他的态度，根本不是一个妻子的态度。

蒋碧微坐直了身子，盯着丈夫看。她一直怀疑这个人在广西是否做了对不起她的事，现在反而受到指责，所以怒火也被撩起，两人再次开始了争吵。

一间安静了许久的屋子，再次回到过去的气氛中。直到谢先生听到两人吵架，赶忙上楼来将徐悲鸿拉走，才终止了这次争吵。

没过几天，有消息说日本人要对南京实施全面轰炸，这使得人们陷入更大的恐惧之中。好友张道藩打电话过来，提议在南京的这些天狗会的成员，一起搬到他上海的住宅去躲一躲，因为他家里有很坚固的地下室，总比大家都在南京胆战心惊地过日子要好。大家都十分赞同，于是赶快收拾行李出发。张道藩十分热情地迎接他们，并妥帖安排了住处。就这样大家在一起和睦地住了一段时间。这期间几位友人都颇受张道藩的照顾。

到了九月下旬，徐悲鸿提出要回桂林。蒋碧微表明态度，不会和丈夫走，要留在南京。不管是与丈夫赌气也好，她始终觉得在南京自己至少有一份工作，收入微薄但也能补贴家用，而和丈夫这一走，就又要完全依赖丈夫的收入。徐悲鸿如今虽是有名的大画家，可是他从来也没有卖过一幅画，反而花钱在收藏方面越来越多，家里一直都是入不敷出。他在外地时，也会不定时寄回家一些钱，可实在有限，蒋碧微也不愿再在金钱上手短。但其实徐悲鸿是希望他们一家搬到重庆去的，只是一直和蒋碧微闹得很僵，没有直接开口，而是让朋友帮他劝说妻子。蒋碧微得知以后，心想丈夫真是书呆子一样，到底要如何不妨大方说出来好了。她是个直性子，于是开门见山。

当徐悲鸿从妻子口中听到"生活费"的时候，是完全没有准备的。的确，对于一个艺术家来说，他不曾考虑过这些柴米油盐的问题，也没想到妻子会将这么现实的话语直接抛给他。

他只能默默接受，但因为太意外而没有准备好一个完美的答案。最后他表示，会尽力拿到十足的薪水，将一半汇给妻子和孩子。

虽然丈夫的回答模棱两可，不过总算也是有一个态度，想想自己一个人带着两个孩子在南京，也是诸多困难，不如搬去重庆，至少孩子能见到父亲。于是蒋碧微决定就把家搬过去。这天中午蒋碧微就将自己的决定告诉几位好友，他们都十分高兴，觉得这至少代表这他们夫妻二人关系有缓和。

徐悲鸿对于这件事的发展，还是有些高兴的。既然妻子有了态度，他就放心先去了桂林，临走之前给了妻子五十元旅费。他走后，蒋碧微派人将宜兴的伯阳和丽丽接回来。而她白天回傅厚岗收拾行李，晚上仍然回张道藩家里和朋友们一起住。

到了出行那天，蒋碧微带着两个孩子，以及坤生和同弟，另外还有好友顾了然先生同行。张道藩奔走了很多天，也只买了到汉口的船票。他还带着照相机，在码头附近给他们拍了很多照片，几位来送别的老友都依依惜别。正在大家拍照告别之际，突然警报声音大作，船上的乘客以及船下来送行的人们全部惊慌失措，乱作一团。为了躲避危险，船长立即下令开船。可是当时郭有守和张道藩两个人还在船上。郭先生动作迅速地跑下船，可是张道藩迟了一步，没有下来。顾了然马上去找了船长，说内政部张次长送客上船，还未来得及下去船就开了。船长表示这时冒险将船开回去实在不妥，于是下令减速，让张道藩坐在一只舢板上划到岸边，最后总算大家都躲过了空袭。

到了汉口，听说要一个星期以后才有船到重庆，于是蒋碧微带着两个孩子约上在汉口的好友游玩了几天，之后才顺利登上去重庆的船。

在重庆，郭有守先生及郭太太对蒋碧微一家给予了很大的帮助。郭太太在重庆租了房，房主是刘家。另外一起住的还有张直夫先生。后来这间公寓所在的那条路由于国民政府设于附近，便改名叫作"国府路"。

大家住在一起，关系相当和睦。最初的一段时间，为了方便几家的饮食，由坤生和同弟做饭，几户人家一起用。不过后来发现个人口味不同，实在吃不到一起去，特别是张太太和其母亲常年吃素，其他人都不适应，只好作罢。

「 反复 」
放不下的红豆戒指

到了重庆以后，对蒋碧微来说最要紧的就是给伯阳和丽丽找学校读书。本来家附近有所巴蜀小学，师资和环境都令人满意，但由于伯阳要就读的五年级人满为患，蒋碧微又不想让两个孩子读不同学校那么麻烦，就先安排进了川东小学，第二年转到了巴蜀小学。

当时中央大学也迁到了重庆，徐悲鸿也到重庆继续教课。蒋碧微琢磨着丈夫也大约该到重庆了。这天她到青年会拜访老友，也是想借此机会知道丈夫有没有来。

到了青年会，张书旗先生见到蒋碧微，立刻就告诉她，徐悲鸿昨天到的，就住在这里，这就去叫他。

对于丈夫到了重庆也没有去见她和孩子，蒋碧微一点也没有生气，之前丈夫回家时，她也是以客人的身份对待他的。因此见到丈夫走过来，蒋碧微微笑着和他握了握手，像多日未见的老友一样。这时徐仲年和顾了然先生出来了，提议到街上转转，于是四个人跑到街上逛了逛商店。到了将近中午，蒋碧微担心家里等她吃饭，便搭车回了家。

这天下午，在好友的陪同下，徐悲鸿来到了蒋碧微的住所，还送了蒋碧微两管玉屏箫以及一件丝质衣料。回来后他发现，妻子不仅将家搬到了这里，家里的一切也都已经置备齐全。两个孩子见到父亲兴奋得不行，围着徐悲鸿不肯走开。而对于妻子，徐悲鸿则是一句关心的话也没有，仿佛他已经将妻子的各种奔波劳苦当作应当之事。

邻居郭太太和张太太听说徐悲鸿回来了，也过来看他。众位好友聚集在蒋碧微的小客厅里说说笑笑。虽然大家都知道这夫妻二人的关系闹了多年，而且呈现越来越僵的局面，但毕竟还有孩子，如今也都在一个城市，因此都想帮忙撮合拉拢。张太太提议打麻将，众人都很赞成。蒋碧微见丈夫没有反对，就嘱咐同弟摆桌子。就这样，徐悲鸿、徐仲年、顾了然和张太太四个人凑了一桌，蒋碧微坐在一旁观战。徐悲鸿这天下午也一改往日的性格，风趣起来。不知道是因为久未归家，见到妻子和孩子觉得温馨，还是麻将牌抓顺了手，总之徐悲鸿这天看起来心情出奇地好。几位友人看到这场面，也都替蒋碧微高兴起来，大家开着玩笑玩着牌，一直到晚上九点多钟。见时间晚了，徐仲年和顾了然先生张罗着回去，徐悲鸿也跟着他们一起往门外走。蒋碧微注意到他没有拿自己的外套，不知是故意为之还是忘记了。走到门口，听到徐悲鸿对前面的两位说："好了，我不送了。"

　　蒋碧微一听这话，意思明显就是丈夫是准备住在这里了。她马上走上前去对丈夫说："你怎么办呢？我这里没有地方可以住的啊！"在说这句话的时候，蒋碧微狡黠地想，丈夫听到她说这话，会是什么反应呢，心里竟生出一丝报复的快感。

　　只见徐悲鸿转过身，不相信一般看着妻子，脸色十分难看。也不知道其他人有没有听到，总之他觉得十分难堪。他气愤地低着头，快速走进屋子，"唰"地一下拿起挂在凳子上的外套，像一头牛一般又低着头冲出屋子。不久后蒋碧微听到朋友讲，被妻子赶出来的第二天，徐悲鸿就搬到蒋碧微住处对面的山坡上，吴稚晖先生的住处，并且愤愤地对朋友说："从来没有见过这种事，布置了好好的家，不让我住！就算我是个朋友吧，她也应该招待的呀。何况她用的还是我的钱。"

　　其实这次回到重庆，徐悲鸿在蒋碧微身上发现了很多改变。他们初识之时，蒋碧微的可人模样，对于一个画家来说，是十分有吸引力的。可是随着两人的了解逐渐加深，矛盾也越来越大。如今的蒋碧微，对于徐悲鸿而言如此的陌生。这次见面，徐悲鸿看到妻子浓妆艳抹，在朋友中间高谈阔论，十足的贵妇形象。她早已经不是自己心中那个碧微了，而是一个盛气凌人的陌生人。这样的蒋碧微，还能和自己一起生活下去吗？

　　对于钱，蒋碧微也是头痛得很。之前说好徐悲鸿每月支付给妻子的花费是自己全月薪水的一半。因此在第一个月，蒋碧微收到了一百五十块，虽然要靠这些钱维持一家五口的全部花销，包括两个孩子的教育费用和衣食住行，只要重庆的物价不会涨得太离谱，算是勉强够了。不过总算丈夫没有失言，蒋碧微已经觉得相当满足。可是到了第二个月，徐悲鸿派人送来的生活费变成了一百块。蒋碧微疑惑地问：照这样下去，到第四个月不是成了一分没有了吗？来送钱的人也是不知其中原因，也无法解答。

待送钱的人走后，蒋碧微越想越气，自己受苦也就算了，两个孩子正是长身体的时候，缺不得营养，教育方面也是一大笔支出。当初丈夫为了劝说自己来重庆，十分明确地承诺了关于生活费的事情，如今怕是又因为哪件艺术品而要亏自家的孩子们了。于是蒋碧微气冲冲找到丈夫，打算好好和他理论一番。

见到徐悲鸿后，蒋碧微很严肃地质问了他。作为丈夫，既然承诺了要支付一家五口的生活保证，为什么会只有一百块。她甚至做好了大吵一架的准备，提前进入了战斗状态。

按照以往的经验，徐悲鸿的反应或许是暴跳如雷，与她争辩，或许是冰冷的沉默，让她无处安放那些愤怒的情绪。但这一次，她意外地看到，徐悲鸿突然蹲下身双手抱着头痛哭起来。

是的，一句话也没有说，就那样像个孩子一样痛哭。他的悲伤，让蒋碧微傻傻愣在那里。面对破碎的情感，他们其实都有太多不舍，就像在南京大轰炸的时候，一同躲在战壕里，那时仿佛两人还紧密地在一起。徐悲鸿在那一刻想过以后一定不要闹了，可如今，他们还是躲不过这些现实的枪口。此时蒋碧微的质问，让他的悲伤忽然决堤了。

丈夫突如其来的反应令蒋碧微措手不及。自两个人在一起以来，她还是第一次见到丈夫这种样子。之前的气瞬间消了大半，心里却跟着难过起来。尽管丈夫与孙多慈的事情对她造成了一再的伤害，可是感情的事，有时真的没办法勉强，也急不得。丈夫当初提议将家搬到重庆，其实是对夫妻关系的一种缓和。但是蒋碧微心里也明白，丈夫并没有完全忘记孙多慈，并且他为了如何抉择这件事，内心也是相当矛盾的。所以，蒋碧微痛苦，徐悲鸿也好不到哪里去。

看着眼前这个像孩子一样哭泣的男人，蒋碧微也蹲下来。短暂的沉默过后，他们终于有了一次平静的沟通。

对蒋碧微来说，她何尝希望自己手捧破碎的婚姻。她始终记得当年那些与他私奔时的雀跃，仿佛只要和他在一起，怎样都是好的。而如今，是什么让他们的关系走到了这一步，是因为孙多慈吗？或许并不完全是。

他们之间的沟通太少了。吵架，是情绪的发泄，怎么算得上是双方交流。如果徐悲鸿并不想放弃这个家庭，为何他从不表达。他心里是如何打算的，她又如何会知道。她的脾气执拗，便堵着气往死胡同里钻。

　　徐悲鸿哭得越发伤心，整个人倚在床边，双手蒙住脸，哭得越发厉害。蒋碧微心软了，毕竟一场夫妻，无论之前吵得多厉害，受过多大的伤害，此刻的丈夫是如此的软弱和无助，让她心生怜悯。

　　这一次，她终于不再逼问丈夫。二十年夫妻，自有万千情意，不论发生了什么，既然彼此心中仍有对方，那就给彼此一个坚定的答案。分开，就友好告别。在一起，就不计前嫌。她将这样的想法讲给徐悲鸿听，见丈夫还是没有回应，知道他一时还是没有想好，多说无益，于是起身告辞。碧微转身走出房间，留下独自发呆的徐悲鸿。

　　令蒋碧微意外的是，第二天一大早，当她还在睡梦中，就被丈夫叫醒。蒋碧微坐起身子，等待着丈夫表明态度。她心想，这时无论他说什么，都要平静地接受，自己已经再无力气去争取或者要求什么了。

　　徐悲鸿严肃地看着妻子，像是一夜没睡，眼睛红肿。他坚定地告诉蒋碧微，他要守护这个家。这应该是蒋碧微最想听到的答案，也是她等待已久的答案。从那一句话开始，他们夫妻二人的感情可以翻开新的篇章，或许还会和以前一样坚固。

　　徐悲鸿对蒋碧微说，家应该住在什么地方，可以听从她的意见，住在这儿也好，另外搬一幢房子也行。既然丈夫一次做出如此多的让步，蒋碧微也不忍心再继续高姿态，这个倔强的女子，终于柔软下来，愿意与丈夫重新开始。

得到妻子如此回应，徐悲鸿似是心里有了着落，踏实得很。他马上说："那么，我明天搬回家来。"说完，一溜烟儿跑出去。

蒋碧微眼睛盯着丈夫离开的方向，沉思了很久。她等这一天太久了，而今却怎么也高兴不起来。丈夫的回归，是否意味着这么多年三个人的揪心关系告一段落了？大概自己从来不是那种逆来顺受的传统女性，对于孙多慈的将来，她实在没心情去关心。不过她想，或许在这件事情当中，对方大概也是受害者吧。只是蒋碧微不清楚，纠结了这么多年的感情问题，丈夫昨天一晚，是如何下定了决心的。而这个决心，又能持续多久呢？

和蒋碧微预期的一样，丈夫走后快速回去收拾好行李，当天下午就回来了。不仅带回了全部的物品，还带回了几只螃蟹。要知道在那个时候，在重庆能吃到螃蟹的人，可是非常了不得的。一方面当地别说螃蟹，鱼虾在市场上都很少见。另外就算弄到，价格也贵得离谱。想到这些年，丈夫从来不顾家里的这些琐碎事，如今竟然费钱又费心地买了螃蟹回来，蒋碧微觉得确实看到了丈夫的改变。而几位邻居看到徐悲鸿这样殷勤地讨好妻子，也觉得他们两人应该是和好如初了。

　　只有蒋碧微知道，破碎了的镜子，就算粘得再完美，也还是有裂痕的，更何况是人心。大家你一言我一语地开着玩笑吃着螃蟹，而蒋碧微却食不知味。丈夫现在已经学会了这种打一巴掌揉三揉的做法，这反而令她心里不舒服。她蒋碧微这一生大概不会有所建树，甚至可能会碌碌无为地过下去，可是她偏就天生一副傲骨，绝不肯为了任何人任何事而忍气吞声。无数个虑心而无法入眠的夜晚，失望了太多次，没办法摆出一副"随时欢迎你回来"的面孔，强颜欢笑地继续生活下去。想到这里，蒋碧微望向丈夫：这个人，她真的能不计前嫌地和他重新开始生活吗？想来想去，答案只有一个：顺其自然。很多事都无法强求，尤其是感情。毕竟他们二人都已尽力挽回，至于结局如何，各安天命吧。

　　那一段时间，徐悲鸿留在家里的时间多了起来，对妻子也多了一些关心的话。这些令蒋碧微很满足。只不过有一天蒋碧微留意到，丈夫戴着一只很大的红豆戒指。这颗红豆十分硕大，属于很罕见的那种。蒋碧微第一反应就是，这戒指大有深意。果然，后来听朋友说，这颗红豆是孙多慈送的，徐悲鸿视为珍宝，找了位手艺很好的匠人，用金子镶嵌起来，每日戴在手上，无论多不方便的时候，从不摘下。红豆代表相思，而丈夫的这种做法，蒋碧微再明白不过了。只是她选择默不作声。因为心里有的，你是无论如何，也挖不走、赶不走的。这个道理，她几年前就从丈夫和孙多慈之间的事之中学会了。

第六章

离情别绪—— 一别两宽各生欢喜

她十八岁就跟着徐悲鸿私奔到国外，二十年了，孩子都生了两个了，在徐悲鸿眼里，他们竟是同居的关系？可以去问一问他徐悲鸿所有的亲戚、好友、学生乃至邻居，街上卖早点的小贩，帮忙收发信件的门童，哪一个人敢说她蒋碧微不是徐悲鸿的太太？蒋碧微觉得，这是对自己的侮辱！若就这样接受，便不是蒋碧微了！她想，那么好，从今以后，无论她蒋碧微做什么，也再不需要考虑他徐悲鸿了。

「 脱离 」

哀莫大于心死

　　这之后，两个人恢复了以往的平静日子，同吃同住，抚养儿女。只是两个人都发现，他们早已经无话可说，最多能做到相安无事，避免争吵。两人同时在家时，气氛尤其尴尬。蒋碧微为了消磨时间，和好友一起领取了前方将士的征衣材料，拿回家里加工。多数都是些棉背心和袜子。这样有了事情做，虽然每天忙碌不停，反而觉得轻松许多。而一向忙于事业的徐悲鸿，这段时间却尽量花多一点的时间留在家里。大概是觉得之前亏欠了妻子和儿女太多，想尽力补救。无论在金钱上或是时间上，都想自己能做个好丈夫，好父亲。而当他真正努力这样去做的时候才发现，原来也没有那么难。只是他自己心里也不确定，这样的挽救，到底有没有意义？

　　搬回家住了没多久，徐悲鸿忽然得了痔疮。每日站也不是，坐也不是，很是难受。疼了许多天，也找不到合适的医生诊治。这时有一位朋友说，有一位老中医，对治疗这种病很擅长。不过这位医师的方法和普通医师不一样，并且过程中会比较遭罪。首先要先敷三天的药，过了这三天，患处会越来越疼。徐悲鸿仔细问了这位医师的治病原理，听后大加赞同，立刻决定就在那里治病。付过了医药费，就开始敷药。哪知这疼法真不是一般人可以承受的，别说坐车，连缓慢地走路都成了一种折磨。但这段时间还需要每天去敷药，徐悲鸿实在扛不住，只好搬到中华书局去住，这样看病会方便很多。

搬过去两天后，蒋碧微带着伯阳和丽丽去探望他。由于移动困难，徐悲鸿几乎都是卧床。病床上的他看起来被折磨得不成样子，面容憔悴。不过看到妻儿过来，他还是很高兴的，立刻叫人去给孩子买了些糖果。蒋碧微看丈夫没有力气，就带着孩子早早回家了，并答应丈夫第二天带着他需要的物品来。

第二天下午，蒋碧微到了中华书局。和之前的一天不同，这天宿舍里安静得很。蒋碧微到了二楼，见到丈夫一个人坐在那里，后背对着门口。蒋碧微站在门口看着丈夫的背影。他瘦了，从后面看起来衰老了不少，甚至看上去像一个老头了。不知不觉，他们都已不再年轻，孩子们也都已经长大。而自己和丈夫的纠葛，也都告一段落了。之前那位大仙说，蒋碧微和孙多慈前世有仇，今生才成了冤家。蒋碧微觉得不对，她和丈夫才是一对冤家。这么多年的相爱相杀，两个人都疲惫至极，却谁也不肯退一步。而如今，两人看似和好如初，实际上两颗心已经相距甚远了。

蒋碧微不再多想，轻咳了一声，走到丈夫床边。徐悲鸿见到她进来，仍是很高兴的表情，示意蒋碧微在他床边的椅子上坐下。蒋碧微以为丈夫有话要说，于是坐下等待着他开口。可是徐悲鸿仍然是沉默，可看表情又好像有满腹的话要说。蒋碧微不知道他要说的是好消息还是坏消息，但心里急切地想知道，哪怕他此刻说要离开家，至少也要给她个痛快的。

时间一分一秒地过去，等不到答案的蒋碧微已再无耐心。她甚至有些生气。就是丈夫这种吞吞吐吐的性格，这种瞻前顾后的作风，才导致两个人的问题这么多年都未能得以解决。想到这儿，蒋碧微无心再坐下去。她起身告辞。可就在蒋碧微转身的那一刻，徐悲鸿不知为何，忽然伸手一把拉住了妻子。蒋碧微被拽得弯着身子转过来，惊讶地盯着丈夫。

徐悲鸿用力拉着妻子，想要说什么话，却又无法开口。他满脸痛苦地盯着妻子，眼神里透露出哀伤的神情，仿佛在哀求妻子不要走。这眼神将蒋碧微的心弄得生疼。她不知道丈夫这异常的举动，到底是因为他在生病时心里极其脆弱，才会对妻子如此依赖，还是他真的希望两个人能够既往不咎，像当初刚刚在一起生活时一样恩爱非常。

这一刻，蒋碧微差一点就要被丈夫的这些行为感动了。毕竟这么多年，丈夫从未这样软弱和无助过。虽然每次吵架，丈夫看起来都是弱势的那一方，可是在夫妻关系中，往往是无视和沉默最伤害人。现在，就连挽留妻子，他都要继续沉默着，这让蒋碧微有些气急败坏。她没有理会丈夫乞求的眼神，她也不想让自己可怜他。她可怜丈夫，谁又曾可怜她呢？

蒋碧微毅然决然转过身，虽然没有立刻拉出自己的胳膊，但是意思已经很明显：一切都太晚了。而徐悲鸿见妻子去意已决，便不再坚持。他颓然松开手，任由妻子离去。

妻子走后，徐悲鸿仿佛丢了全身的力气一般，半躺在床上一动不动。他发现，经过这么多年妻子已经变成一个他不认识的人了。

最初两人私奔，蒋碧微眼里只有丈夫，没有自己。那时在妻子眼里，自己的形象是何等的高大，仿佛这世间只有他能让妻子如此崇拜，而自己这一生都会是妻子心里的唯一。再后来，两人在国外过着苦日子，妻子虽然嘴上偶尔会抱怨日子清苦，但是仍然一心一意地跟着自己，努力地操持着他们的家，凡事都以他为先，吃的穿的都可着他。那时候妻子还是如此义无反顾地爱着自己！

可是，他们的感情是如何变成今天这样子的呢？是在孙多慈出现以后吗？或许不是，因为在巴黎的时候，徐悲鸿就已经觉察到，他和妻子其实根本无法交流。表面上看来，妻子对艺术不感兴趣，因此对他的很多做法不能理解。可实际上是两个人价值观的巨大差异，导致了两人最初的矛盾。只不过那时候两个人在外漂泊，相互依靠，就算有了矛盾，也无法离开对方。回国后，特别是孙多慈出现之后，两个人的间隙越来越大。其实最初对于孙多慈的事，妻子还是宽容的，虽然自己做了不少令妻子伤心的事，但是明显能感觉到，那时妻子的心还是在自己这里的。而如今，她的心在哪里，已经不能确定了。

过了几天，蒋碧微得到消息，丈夫的病已经基本痊愈了，这令她十分高兴，心想，那位中医技术实在高明。而这时候赶上蒋碧微要在家里请但荫苏夫妇吃饭，徐悲鸿也借着这个理由连人带行李一起搬回了蒋碧微的住处。而蒋碧微也默许了丈夫的做法。只是她隐约觉得，这次的相聚，依然不会维持很久。

事实证明，没有了感情，又无法沟通的两个人，即使都想维系关系，也是十分困难的。这种困难，不是面对面无话可说，而是说话的时候任何一个话题都有可能成为争吵的导火索。

不久后，蒋碧微的外甥程康民来到重庆投奔蒋碧微，并且住在蒋碧微家里。这孩子为了躲避日军对当地的侵犯，从家乡宜兴步行到安徽屯溪，冒险越过两军战线，好不容易才到了这里。蒋碧微很心疼这个晚辈，于是想办法给他安排地方读书。徐悲鸿听说蒋碧微要安排他去投考空军学校，便用讽刺的语气说："算了吧，他还考什么空军学校？你们也不想想，国家买这些飞机多不容易。"

蒋碧微知道丈夫对外甥一向不看好。多年前他们曾一起居住过一段时间，那时候外甥年纪小，总是喜欢跑来跑去，时常撞坏了丈夫的东西，惹得丈夫气急败坏，又没法对小孩子发怒。可是外甥这次来重庆，懂事了很多，这些丈夫根本没有留意，只是一味地对他

不看好。更令蒋碧微生气的是，他还是个孩子，大老远地投奔他们
两位长辈，是对他们的一种托付终身的信任。可是丈夫竟然这般不
知深浅，在一个孩子面前，直言他根本什么都做不好，这要多么伤
害一个孩子的自尊心？若是这样做一个长辈，他倒不如不要掺和进
这件事里面来。

这时候实在不想在孩子面前和丈夫吵架，于是蒋碧微没好气地
对丈夫说："你不要管，好不好？"丈夫闻言，没有回答，只是轻轻
地用鼻子"哼"了一声。蒋碧微很生气，依然想护着自己的外甥，
便说："如果你这般年纪的时候，有人对你说，你这种人将一无所成，
你又如何？"

徐悲鸿就像被雷击中了一般，瞬间站起身瞪着妻子。好在旁边
有晚辈在，两个人没有继续吵下去。可是他们都清楚，现在不管多小、
多无关紧要的事，都能成为他们吵架的话题。

一整个下午，两个人都怒目相视，这种尴尬的气氛始终没有消
散。到了晚上，两人躺在床上，都没有心思睡觉。蒋碧微又想到了
那颗红豆戒指，还有丈夫对自己亲人的羞辱。她转头问丈夫："依你
看，我们还有和好的可能吗？"

每一次蒋碧微抛出问题，徐悲鸿不是沉默，就是给一个模棱两
可的回答。可是这一次，徐悲鸿像是做好了准备一样，张口便答："我
知道我的罪恶，让天来罚我好了。"

这个回答让蒋碧微措手不及。虽然她也预感到两人的感情已经无法挽回。可是就在前不久，丈夫还信誓旦旦为着他们之间的关系做着努力，现在却因为一件小事就看透了他们的关系，决定放弃努力。更令她心寒的是，丈夫竟然说如此决绝的话，定是下了决心的。这样，她也不必再说什么了。因为他们的感情在这一刻也要宣告破裂了。

蒋碧微想，就算是诀别，也绝不要丈夫小看了自己。这些年徐悲鸿是赚钱养家，可她蒋碧微也尽了妻子的责任。何况她也不是一只只能依赖于他的寄生虫。她说："过去你曾向我父母说过，你到哪里都打得出天下，我离开你就不行了。但是我一定要努力奋斗，假如奋斗有所成，那我便离你更远；要是无所成，就只有两条路可走，一是自杀，一是向你乞怜，不过以我的个性来说，恐怕是走第一条路的可能性较大。"说完这些，蒋碧微转过身准备睡觉，徐悲鸿也没有再回应。

第二天，天刚见亮，蒋碧微就听到丈夫收拾物品的声音。她没有起身，就这样一直等着丈夫收拾好。她心里有些伤感，或许这一刻，是他们夫妻最后一次单独而处。吵了这么多年，伤了这么多年，如今要分别了，总还是有些不舍。她很想起身看一眼丈夫，这个陪了她二十年的人。可是她细细听他收拾行李的声音，感觉得到他的怒气冲冲。他装东西的声音是那么的冰冷，每一次稍微大一点的声响，都令蒋碧微的心痛一下。她想，再倔强，再坚强吧，自己终究还是个女人啊！

这时郭有守先生到家里来拜访，看到徐悲鸿收拾行李，知道他们夫妻又闹了矛盾，于是着急地扯住徐悲鸿的行李，企图劝住他。可是徐悲鸿一把抢了过来。他知道妻子已经醒了，特意抬高了语调说："人心已变，不能再住下去了。"说完，头也不回地走了。蒋碧微回头看着丈夫离去的背影，那动作那气势，就像在说：他再也不会跨进这个家半步，这里的一切从此与他没有任何关系。

待郭有守和徐悲鸿下了楼，蒋碧微起身走到墙上的日历跟前，一天一天细数过去，这次丈夫回家来，前后共住了五十天。

蒋碧微哑然失笑，真是一对不肯妥协的夫妻。其实在五十天前，结局已经注定了，可他们偏要再试一试。可是这种尝试，似乎不是为了对方，不是为了他们之间的感情。恐怕，他们都是为了自己。

在徐悲鸿走后不久的一天，忽然派人来家里要取些他私人的衣物，大概是当时走得匆忙，没有带得足够。来者请求蒋碧微帮忙收拾。蒋碧微心想，你不是和这个家告别了吗，如今冷了热了，便又想到这里了。她十分恼怒，随便拣了几件单薄的衣服，并且连包袱都没有打，找了根绳子将衣服捆上，叫来者拎着就走了。

丈夫走后，蒋碧微开始学着独立撑起这个家。她托身边几位好友帮忙介绍工作。当时但荫荪先生任复旦大学政治系主任，而复旦大学正好迁到了重庆。在他的介绍下，蒋碧微顺利进入复旦大学教授法文。这样教课两个月以后，学校又由菜园坝迁至黄桷树。这样一来，路途稍远，就不能当日往返。而蒋碧微十分珍惜这份工作，只好将伯阳和丽丽送到寄宿学校，跟着其他教授一起搬了家。加上其他几位熟识的同事，大家一起在新校址附近租了一个四合院。蒋碧微当时带着坤生和同弟一起过来，一方面照顾自己的起居，另一方面也为了给大家做饭。这些人年纪相仿，口味也没有差距太大，做起饭来还是很方便的。除了两个佣人，大家惊喜地发现，但荫荪先生竟是一位厨艺高手，中菜西菜样样拿手。以至于后来，复旦大学每到有贵客来参观，都要来蒋碧微他们的住处招待客人。

复旦大学的法文课是每星期三小时，对于蒋碧微来说，工作量和收入依然是不够的。到了一九三八年下半年，经朋友介绍，蒋碧微到国立翻译馆谋了个职位。由于这份工作是在重庆，蒋碧微又搬回了之前的住处。而复旦大学的法文课，又需要她乘坐学校的班车往返奔波。虽然辛苦了一些，不过每日和一些有追求有文化的好友们一起辛勤工作、畅聊人生，使她整个人精神百倍。

这之后，蒋碧微的父亲从上海来到重庆，并且受邀到重庆大学教书。父亲的到来，令蒋碧微心情大好，而同时，她也和一众好友筹划着一种有趣的集会。一九三九年初，集会开始在蒋碧微家举行。每周一次，发起人除了蒋碧微，还有方令孺、宗白华等共十一位。这十一个发起人凑在一桌，每次集会会另外请一桌客人。例如，一次请一桌文化界名人，下一次请考古界或者书画界。由于这种集会主题鲜明，来者又都相互熟识，过程中自然妙趣横生，参会者也都是畅所欲言。集会共进行了八次，蒋碧微感到，每一次的集会都不只是吃吃喝喝，吵吵闹闹，而是对每个人的眼界和身心都大有裨益。第八次集会之后，重庆大轰炸开始，人心慌乱，四处躲避，就没有再继续下去。

那一段时间，重庆屡遭日机空袭。特别是五月三日和四日这两天，接连不断地轰炸，使得百姓流离失所，痛失亲人。整座城市陷入火海之中，无数人们创造出的财富付诸一炬。蒋碧微和友人们留在住处，听着外面时而传来的哭声和喊声，心不停地战栗着。最难受的一段时间，是蒋碧微居住在复旦大学的医务室附近。每次轰炸过后，各种伤势的伤员被抬过来。各种哭喊声、呻吟声不绝于耳。有时出门，会看到很多伤残的伤员甚至是尸体。有的浑身没有一处伤，但其实已经被炸弹震死，眼睛瞪得老大。有的胳膊腿都被炸断，却一点感觉也没有似的自己看着自己的身体发呆。最受不了的就是那些凄惨的叫声，有时甚至到了夜间也不间断。蒋碧微无法想象，若自己是他们其中的一员，父母要如何？两个孩子会怎样？那一段日子，蒋碧微内心受到了极大的摧残，因她每日都要面对这些血肉模糊的同胞们，实在无法平静。她的心里逐渐生出一种对侵略者的憎恨，同时也因自己的无助而灰心。

不只是蒋碧微，女佣同弟也还是个年纪轻轻的孩子，面对这样的场面更是无法控制情绪，常常失声痛哭。导致后来她都不能独自去采购日用品，连到家门口都不敢。蒋碧微看这样下去，怕是要弄得大家精神失常了。这也是她后来向复旦辞职的原因之一。

这之后，政府想方设法疏散群众。蒋碧微仍旧在住宿学校安顿好两个孩子，蒋父入住重庆大学安排的宿舍。蒋碧微由于工作关系，则回到黄桷树居住。

一直到这年暑假，蒋父及两个孩子才得以和蒋碧微团聚。这期间蒋碧微体会到了久违的天伦之乐。她从小和父亲关系甚好，无话不说。这次相聚，不免和父亲诉说与丈夫之间的种种。老人帮不上忙，但是他相信女儿可以处理好，也就没有太多的建议。蒋父是很开明的读书人，无论女儿怎样选择，他只希望女儿能过得舒心一些。

暑假过后，蒋父继续到重庆大学任教，伯阳和丽丽到巴蜀小学上学。蒋碧微则留在黄桷树。这时的她改到教育部设立的教科用书编辑委员会工作，同样兼职复旦大学的法文课。两地奔波。后来这份工作，多亏好友张道藩介绍。当时张道藩任主任委员，他安排蒋碧微在青年读物组工作，负责审查稿件。

就这样，蒋碧微过了很长的一段较为平静的生活。每天忙于工作，闲暇时和众多好友一起聊大聚会。当时接触最多的要属复旦的同僚们，另外还有工作中结识的几位朋友。其中最聊得来的，便是方令孺女士。

　　方令孺是安徽人，在诗歌、散文方面都颇有成就。早在一九三零年左右就开始发表大大小小的作品无数，蒋碧微常常夸赞她是多才又多情。大概由于性别的关系，方女士的作品总是充满丰富的感情，使得她写出来的东西总是直戳人的内心，在当时深受年轻一代读者的追捧。她早年曾留学美国，归国后在青岛大学任教了一段时间，后来到了重庆，任国立剧专教师，又任国立编译馆编审。方女士是蒋碧微所欣赏的那一类女性。她的先生姓陈，两人曾是美国读书时的同学。这位陈先生不仅言谈举止，连长相都是一副科学家的面孔。说话做事谨慎细心，心思细密，而方女士则一副女强人的做派。虽然蒋碧微和方女士关系要好，来往甚密，但是两人很少提及家事，更是避免提及各自的丈夫。但蒋碧微听说，他们夫妻间也是时有矛盾。或许是性格差别太大，两人也是逐渐少了沟通，加上聚少离多，感情一日不如一日，后来干脆分了居。但是方女士表面看来并不在意，仍然脸上挂着笑容，全部精力都投入到工作中，对待朋友也是尽心尽力。这样自立又自信的女性，在蒋碧微眼里是极有魅力的。

　　由于轰炸比较频繁，为了大家的安全，编委会的办公地址由重庆迁至北碚。蒋碧微的住处和办公地点仅一水之隔，便没有随大家搬过去，只好辛苦一点每日渡船往返。而方女士和蒋碧微两人，午饭一起用，到了傍晚工作结束，都要一起走过一道很长的沙滩，为了送蒋碧微上船。每次船已开出老远，蒋碧微回头望，都看到方令孺还在看着她的方向，并朝她挥手。这种情义令蒋碧微深受感动。在当时，这段友谊给了蒋碧微莫大的安慰。方令孺和蒋碧微性格上也差异很大。蒋碧微属于直性子，快言快语，雷厉风行。而方令孺则感情更丰富一些。两个人很互补，兴趣爱好也很投契。只不过两个人都很少谈及政治方面的敏感话题，避免意见不同而引起尴尬。

蒋碧微的好友中，有一位颜实甫先生。在当时任四川省立教育学院院长。颜先生十六岁中学毕业后，入上海大同学院学习法文，同时自学文学、美学、哲学、心理学，其后又考入法国里昂中法大学，并获得文学硕士学位。之后进入巴黎大学研究院研究哲学。当蒋碧微第一次听说这位学者的经历以后，简直赞叹到说不出话。她很佩服一个人能将有限的时间安排到可以学习这么多知识，那一定是一个对自己要求极为苛刻的人。加上最初看到颜先生这个人，貌不出众，除了做学问和收集古董再无其他爱好，实在有些无趣。这个无趣的人很看重蒋碧微的能力，并且十分照顾她。起先是将她介绍到图书馆主持所有事务，接着更和蒋碧微做了邻居。在蒋父七十大寿之际，他也帮忙张罗为老人做寿。到了一九四一年，颜先生提议将年纪已大的蒋父接到教育学院居住，以方便照料。

这期间，日军的飞机轰炸越来越频繁。似乎已经没有绝对安全的地方。众人开始还可以躲在防空壕里，后来发现根本不是可以保命的办法。之后每次警报响起，大家都要步行一里多路到一座军事机关所建筑的大防空洞里。每一次轰炸过后，所有人要做的第一件事，就是清点人数，看看谁没有赶过来。等敌机走后，众人立刻开始重建房屋，整理物品。一直到太平洋战争爆发之后，终于再没有听到警报声。

自从徐悲鸿从蒋碧微住处搬走，两人便不再有任何联系。但毕竟朋友圈子在那里，并且蒋碧微和徐悲鸿的学生是有来往的，并从中听说了一些事。在一九三八年的上半年，徐悲鸿曾到长沙会见了孙多慈和她的父母。当时他们一家也是为了避难而来的。徐悲鸿将他们安置到了桂林。到达桂林的当天，徐悲鸿置备酒席宴请宾客。当天有一位一起留法的老友路过，看到在座的竟然有之前徐悲鸿收留的那位女难民，但是那女孩子看上去极不自然，坐立不安的样子。仔细一看才发现，原来在场的还有孙多慈。这二人相见，或许是很尴尬的事情。

那位留法的朋友后来和孙多慈的父亲熟识，觉得对方是位很讲道理、识大体的老人。孙父时常当着他的面表态："徐先生和我女儿是师生，要想打破这层关系，我是决不许可的。"其实在最开始面对女儿和徐悲鸿之间的关系时，这位老先生就持反对态度。只不过那时候会顾及徐悲鸿的身份。可是女儿和徐先生一直不曾断了来往，令他很着急。后来干脆不给徐悲鸿好脸色，强行要他们二人分开。

徐悲鸿在一九三八年七月二十九日写信给他们夫妇共同的好友郭有守先生，表示要与蒋碧微正式脱离关系。郭先生看后不知该如何处理，又怕耽误了蒋碧微和徐悲鸿之间关系的处理，于是将信给蒋碧微过目。原文如下：

子杰（郭先生的号）吾兄大鉴：

弟不才，累友人以极度无聊之事，良深惶愧。弟家庭之变，早至无可挽救，且分离日久，彼此痛痒不复相关。今幸碧微振起奋斗，力谋自立，又蒙诸挚友如兄等扶持，有所工作，亦足以慰藉其痛苦之心灵。弟精神日疲，不能自存，而责任加重，命运偃蹇，日暮穷途，辄思得人以助。惜两全之计，竟不可得，故拟解决不可挽救之局，以应未来逆运。兹拟处置家庭办法，恳兄转告碧微，情缘如此，天实为之。碧微必欲恨我，我亦只得听之，虽弟初心，岂敢如此？抑如去冬之隐忍，犹且无济，宁非天乎？惜适当国难严重之际，允称无聊之极者也。

一、不论碧微有无收入，弟以每月三分之一与之，两孩归碧微抚养，用费由弟负担，但以简约为原则。

二、兄得此函后，弟即与碧微正式脱离。弟之隐痛，乃在未受法之束缚，但为余生计，不能不解决，亦想不到更善办法，诸好友向来盛意，只是铭记肺腑，倘加责备，弟又何辞？临书悲梗，不尽缕缕。

敬颂暑祺！

此书请不必告夫人。

悲鸿拜启七月二十九日

蒋碧微读过信，没有难过。她与丈夫之间这种种过程，早就如一场戏，而她就像是一个看戏的人。戏的结局，她早已不在意。

蒋碧微无奈，她怎样也没有料到，丈夫会弄这一出。郭有守本就对徐悲鸿和孙多慈的事情不看好，在重庆亦是听到了一些关于他们在桂林的消息。作为朋友，他觉得自己有必要对好友做中肯的劝告。于是他立刻写了封信寄给徐悲鸿，信中大致意思为：

一、关于两人感情问题，是否非要彻底脱离关系？就碧微的说法，两人没到决裂的地步，并非无法挽回。

二、关于再婚的问题，既然要与原配分离，是否有意要与孙多慈结合？

三、你信中所说的"每月所得的三分之一"是否能作为稳定收入？若因时局不稳定，而导致碧微断了养家的费用，这要如何解决？

四、既说两个小孩由碧微抚养，你来负担费用，那么这笔费用是否有一个确切的数目？否则以后这些问题都会成为不断的纷争。

在信的最后，郭有守还是奉劝老友，悬崖勒马，三思而行。

郭先生能这样想方设法地替蒋碧微着想，又尽力规劝徐悲鸿回心转意，令蒋碧微十分感激。然而她心里清楚，丈夫如今像是有一种不知是什么的力量，在指使他做这一件一件的事情，并不是谁的一封信能够唤醒他的。

果然，在郭先生的信发出的第三天，徐悲鸿在广西报纸刊登了一则广告，其文曰：

徐悲鸿启示

鄙人与蒋碧微女士久已脱离同居关系，彼在社会上一切事业概由其个人负责，特此声明。

这则声明由在桂林的朋友寄给蒋碧微。蒋碧微这一次真的是怒不可遏！

启示完全表明了徐悲鸿要与蒋碧微彻底决裂的决心。尤其是这启示中的"同居"二字像针一样刺得蒋碧微眼睛生疼。

"同居"？

她十八岁就跟着徐悲鸿私奔到国外，二十年了，孩子都生了两个了，在徐悲鸿眼里，他们竟是同居的关系？可以去问一问他徐悲鸿所有的亲戚、好友、学生乃至邻居，街上卖早点的小贩，帮忙收发信件的门童，哪一个人敢说她蒋碧微不是徐悲鸿的太太？蒋碧微觉得，这是对自己的侮辱！若就这样接受，便不是蒋碧微了！她想，那么好，从今以后，无论她蒋碧微做什么，也再不需要考虑他徐悲鸿了。

其实，徐悲鸿的心情是极度烦闷。他已经理不清这一团麻的烦心事，一个人跑到一出名叫八步的边境矿区住下，颇有与世隔绝的意思。而其在随后写给郭有守先生的信中，也满满充斥着这种糟糕的情绪。

他与孙多慈并没有走到一起。一时的冲动和意气用事让他登了启事，心中也觉不妥。后来徐悲鸿曾让吕先生帮忙缓和关系，但是蒋碧微已经决绝。他给蒋碧微的母亲写信，倾诉两人的恩怨。心中有对蒋碧微的埋怨，也有对蒋碧微的肯定和称赞。

在感情方面，徐悲鸿是有些木讷的。他不懂得如何去处理，也不敢想象，一切是否还能挽回。这封信，并没有得到任何回音。

这之后，在蒋碧微的世界里，丈夫仿佛消失了一般。实际上，徐悲鸿多数的时间，都是在国外。首先，徐悲鸿在香港举办了画展，之后又到了新加坡。这已经是他第三次到新加坡，到达之后会见了众多好友和艺术节的朋友。在新加坡，热心的华侨帮助徐悲鸿筹备了画展。这一次，徐悲鸿的画作销售一空。之后，他将画展所筹到的所有钱款全部捐献给国内用以救济灾民。

一九四零年，徐悲鸿应近代文学之父泰戈尔的邀请，赴印度国际大学讲学。在这里，他与泰戈尔先生一起度过了一段难忘的岁月。两人在精神上高度默契，无所不谈，成为了莫逆之交。而在印度的两次画展中所筹得的钱款，徐悲鸿也一并捐给了国内。无论他走到哪里，都心系受苦受难的同胞。

离开了印度，徐悲鸿又到了新加坡，并在不同城市数次举办了画展。画展所得全部捐给国内。直到一九四二年夏天，徐悲鸿才回到重庆。

在徐悲鸿出国参展的这期间，唯一使蒋碧微宽慰的，是丈夫能想着逐渐成长的伯阳和丽丽，不时给他们写信。对于两个思念父亲的孩子来说，家书可要比寄生活费温暖得多。其中一封内容如下：

伯阳、丽丽两爱儿同鉴：

我因为要尽到我个人对于国家之义务，所以想去南洋卖画，捐与国家。行未到半路（香港）便遭封锁，幸能安全出国。但因未曾领得护照，又多耽搁了近两个月，非常心焦，亦无别法可行。兹已定今夜（一月四日）乘荷兰船 VanHeufze 赴新加坡，在路上有四日。如能一切顺利，二月中定能返到重庆。国难日亟，要晓得刻苦用功。汝等外祖父母亲想安好，我虽在外，工作不懈，身体不好亦不坏，可勿念。你二人须用功算学及体操，旧邮六张两人分之。外祖父前代我请安，母亲代我问安。

不管与丈夫关系如何，蒋碧微每每读到丈夫写给孩子们的家书，都觉得欣慰。这时的徐悲鸿，才像极了一个父亲。而蒋碧微和丈夫，几乎从来没有书信往来。除了一九四一年六月，徐悲鸿曾写信邀请蒋碧微和他同去美国举办画展，蒋碧微回绝了。这期间一直风平浪静，除了一九四一年三月的一件趣事。

赶上这一年的愚人节。蒋碧微与友人在中国文艺社闲聊，提起第二天是愚人节，大家说这种节日真应该找点趣事乐一翻。这时徐仲年先生提议，既然之前徐悲鸿私自决定登报与妻子解除"同居关系"，那么不如愚人节这天他替他们二人再登一则结婚启示。在座的好友顿时哄堂大笑，连连说这个主意好。蒋碧微笑着说："你四月一日登结婚广告，我四月二日就登报否认。"徐仲年说不要紧，你登你的，我登我的。当时全当是在开玩笑。哪知第二天，蒋碧微真的在报纸上看到这么一条广告：

　　徐悲鸿蒋碧微结婚启示
　　兹承吴稚晖、张道藩两先生之介绍，并征得双方家长同意，谨订于民国三十年四月一日在重庆磁器口结婚，国难方殷，诸事从简，特此敬告亲友。

　　这启示一经发出，竟许多人信以为真。毕竟在当时的中国，很少有人会用刊登启示来开玩笑。好友郭有守和刘伯量先生写信过来道贺。一时间大家奔走相告。无奈，第二天蒋碧微在《中央日报》中刊登了否认启示：

　　蒋碧微启示
　　昨为西方万愚节，友人徐仲年先生伪借名义，代登结婚启示一则，以资戏弄，此事既属乌有，诚恐淆乱视听，特此郑重声明。

　　在这则启示登出后，此事总算有个了结。不过大家在后来仍经常作为笑谈拿出来讲。

「 挽回 」

人心不是艺术品

一九四二年，由于新加坡局势动荡，恐有安全隐患，徐悲鸿带着他收藏的众多艺术品回到了重庆。这时的蒋碧微为了赚钱养家，身兼数职，每日忙于奔走劳作。她已经不再是那个需要伸手向丈夫讨要生活费的女人了。正是因为她的独立和成长，她越来越不需要丈夫，两人之间越来越远了。

而回到重庆的徐悲鸿，也没有急着去探望蒋碧微。或许他知道妻子如今公事繁忙，也无心考虑他们之间的问题。蒋碧微听说他回来，写了请帖邀请他到磁器口用餐。据说出发之前，徐悲鸿显得兴奋异常，不断询问身边的好友，要送蒋碧微什么礼物合适。后来他选了复印的泰戈尔的画像送给了蒋父。另外带了一张装裱十分考究的画作，到达蒋碧微住处时直接挂在了卧室的墙上。

来之前，徐悲鸿也是十分忐忑，因他不清楚蒋碧微此次的邀请是何用意。他这一趟前往，是和妻子重修旧好，还是就此讲明，分道扬镳？

　　蒋碧微自然是主意已定，不仅要把话说清楚，还要借机要徐悲鸿难堪才好。她将徐悲鸿曾经在桂林报纸上的离婚启示镶嵌在镜框里，启示左下角写上"碧微座右铭"五个大字。这只镜框就放在客厅大门对面的书架上，很是显眼。任何人只要到了客厅，一眼就能望见，想必徐悲鸿也逃不过这一眼。

　　中午十二点，宴席准时开始。在座还有诸多好友陪同。蒋碧微还没有讲话，徐悲鸿倒是先站了起来。他端起酒杯，诚恳地向蒋碧微道歉。

　　面对徐悲鸿的道歉，蒋碧微没有丝毫心动。周围众人也觉得这场面有些尴尬，都不作声。

　　蒋碧微心意已决，表示既然把孩子们带来，就可以今后将两个孩子交给徐悲鸿抚养，希望这样安排可以对孩子更好，给他们更好的前途。在众人的目光下做出这样的打算，可见下了决心。

　　徐悲鸿没有接话，或许他在赴宴之前就已经猜到这样的结局。他整个人像是丢了魂一样，全身没有一点力气。酒不喝，菜也没有心思再吃。在座的好友们都像商量好了一样，破天荒地没有继续规劝。毕竟这夫妻二人的事，已不是一天两天，任谁劝也是没有用了。

　　蒋碧微的意思已经很明显，但是见丈夫仍然默不作声，今天赴宴的都是平日里极要好的老友，蒋碧微觉得也不需要避讳。于是接着将自己的想法说完："我有三个办法，请你择一而行。第一，孩子由你带去；其次，你让我带两个孩子，但是你要负担他们的教养费用。如果这两个办法你都办不到，那么，我请你明天登报声明，否认这两个孩子是你的。后天，我再登报声明将孩子改姓蒋，以后由我负责抚养。"

这些话说完，蒋碧微以为丈夫会发怒，可是他还是没有任何表示。饭后众好友散去，徐悲鸿也跟着离开了。

蒋碧微心里清楚，丈夫不当场表态，无非是还没有想好如何回答，也没有想好到底自己是去是留。这次回去，相信他能认真地想一想今后关于家庭关于孩子的问题。

果然，几天以后，徐悲鸿找到蒋碧微，提出要和她谈一谈。他两天后即将到广西去，很多事情需要等回来后再处理。而临走之前，他希望还能有一些挽回的余地，想知道蒋碧微内心的真实想法，是否还愿意给这段关系一个机会。

蒋碧微给出了无比坚定的答案，他们有美好的过去，但是再也回不去了。即使再回到一个屋檐下，曾经有的伤害和芥蒂，依旧不会消失。如果这样，还不如借此告别，迎接新的人生。

徐悲鸿听后，没有反驳。因他太清楚妻子的脾气秉性，她刚刚所说的这些话，太像她这个人的性格了。至于他现在想说些什么，妻子也再听不进去，何必再让自己讨别人的嫌呢？于是徐悲鸿茫然转过身，对等在门外的颜实甫说："老兄，我最后的努力也做了，最后的希望也没有了。"

这之后，徐悲鸿大概觉得与蒋碧微的婚事完全没有了希望，便动身去了桂林。出发前写了一封信给蒋碧微，大致意思是：知道你恨透了我，我也就不必再打扰你。这次先拿出五千元作为孩子的学费，之后两个孩子的教育费用我也会全部负责。

「 丧父 」

花自飘零水自流

蒋碧微的父亲健康状况一向很好。不料有一次从石阶上摔下来，弄伤了手腕。虽然后来伤养好了，老人的身体却一日不如一日。

这天，蒋碧微照常在图书馆上班，好友张茜英和吴作人到她的住处拜访。走进屋子看到蒋父侧卧在沙发里，看上去极其虚弱。两个人担心蒋父状况不佳，赶忙跑到图书馆将蒋碧微叫回来。蒋碧微回到家，见父亲果然气息微弱，立刻打电话请张道藩借一辆车过来送父亲去医院。可是一直等到晚上八点多钟车子才到。大家帮忙将老人抬到车上，蒋碧微坐后座，蒋父躺在她的腿上。蒋碧微看着虚弱的父亲，心如刀绞。她轻声问父亲："爸爸的脚冷不冷呀？"老人家声音微弱地回答："不觉得冷。"没想到，这竟是老人临终前的最后一句话。

到了急诊室，医生直接告诉蒋碧微，蒋父的身体状况，恐怕抢救过来是很难了。听到这个消息，蒋碧微已经无法克制自己的感情，就地痛哭起来。为了不让老人听到哭声，她又必须抑制着自己。张道藩知道她难过，直到老人被宣告离世，都一直陪在其左右。

这一切若是一场梦该有多好啊！蒋碧微自小和父亲关系亲密，在她眼中，父亲就是这世间最值得信赖和依靠的男人。而父亲与母亲的恩爱，也深深影响了蒋碧微的婚姻观。只是如今父亲撒手西去，蒋碧微不敢想象当母亲得知这个消息，要怎样面对这种打击。对于蒋碧微来说，父亲的离世，也同样是这一生中使她最痛的一件事。

见蒋碧微平静了一些，张道藩任她一个人守在蒋父身边，他则忙着给熟睡中的朋友们打电话通知此事，同时张罗着给蒋父准备棺木。得知噩耗的众人急忙赶来，其中也包括徐悲鸿。

这一段时间，周围的人有来有走，唯独蒋碧微，像是静止了一样，坐在太平间里默不作声。陈晓南先生走过来和蒋碧微说，会和徐悲鸿一同陪她守灵，蒋碧微也只是很茫然地点点头。父亲走了，她瞬间没了依靠，没了精神支柱，身体被掏空了一般，乏力得很。她是多么舍不得父亲离开。于是她转向坐在对面的徐悲鸿，像是在自言自语，又像是在对他说："要是能给父亲画张遗容就好了。"徐悲鸿没有作声，轻轻地拿出纸和笔，迅速画起素描来。这便是蒋父的最后一幅肖像画了。

作好了画，徐悲鸿直起身对蒋碧微说："你不要难过了，老人家的后事，总得好好办。钱的问题，你也不必担心。"毕竟是刚刚失去了父亲，在这时候，徐悲鸿觉得他和蒋碧微之间已经没有了忌恨。

此刻在他眼里，蒋碧微只是一个需要帮助和关心的可怜妇人。他亦无心再和她争吵，只想尽力帮助她渡过眼前的难关。

可是蒋碧微听到这话，却是十分刺耳。这些年别说父亲，连她自己都很少能得到丈夫金钱方面的支持。如今父亲去了，他却假惺惺跑过来说要帮忙解决金钱的问题，这是在羞辱父亲，还是在羞辱她呢？

已故的父亲在旁边，蒋碧微根本没心思和他吵。她表示老人家生平轻易不用人家一文钱。现在他过世了，我必须遵照他平素的意志行事，我认为这比什么都重要。至于丧事，我只求尽哀遵礼，有钱是有钱的办法，没有钱就做没有钱的打算。我必须预先声明，我绝不接受任何人的帮助。

徐悲鸿急了，都这个时候了，她还是如此倔强。或许是蒋父的离世，让徐悲鸿想要保护这个家，也分担妻子的哀伤。他想试探妻子的想法，看看是否还有挽救的余地。

可是蒋碧微早就已经坚定地下了决心。即便在父亲去世，在她最脆弱的关头，她也完全没有想过要重新接受丈夫。因为想到这个人，只会令她更加悲伤！

"算了吧。我们既已分开，一动不如一静。天下离异的人很多，不足为奇。你和我的个性太不相同，勉强再在一起，将来万一又闹离婚，岂不是大笑话。如果你想要另外结婚，难道我还会跟你捣乱不成！"

徐悲鸿见蒋碧微在气头上，所说的话中句句都在讽刺他，也没必要再争论下去，就不再出声。等到天色大亮，在众人的帮助下，当天就为蒋父举行了大殓。整个过程中，蒋碧微已经哭得无法起身，最后还是被好友从地上拖起来。

蒋父一生清贫，资助他人不少，身后却只有一万余元积蓄，加上政府的抚恤金，刚刚足够丧葬的费用。徐悲鸿知道蒋碧微在金钱上发愁，又倔强得不肯开口，就托陈晓南先生送来两千元。蒋碧微表示心领了但是钱一分未收。

父亲去世后，蒋碧微每日以泪洗面，茶饭不思，整个人迅速消瘦下来。直到蒋父过世后的第一百天，由颜实甫、张道藩等众位好友发起，为蒋父举办了一场隆重的追悼会。

巧合的是，徐悲鸿举办的画展早已定好在这一天揭幕。因此本该早早到场帮忙的他迟迟未到。只是他送的花圈已经摆在礼堂正中，蒋碧微注意到，下款用的是"甥"字。或许他自己也觉得此时用任何身份都比较尴尬。

拜祭时间已到，见徐悲鸿还没有来，众人议论纷纷，指责他不该如此重要的场合还要来迟。待他匆匆忙忙赶到时，抬眼见到蒋碧微带着伯阳和丽丽已经跪在家族席上答礼。此时真是十分尴尬，徐悲鸿不知自己该做何身份来参加行礼。若他不去家族席上，怕在场的众人议论他。可若是去了家族席，又怕蒋碧微不接受，当众将他赶下来。真是进退两难。踌躇了半天，徐先生还是太要面子，径直走到宾客席当中行了礼。

在蒋父去世之后那段期间，众好友力挺蒋碧微最多，使她不至于一个人扛不下去。并且要说最感谢的，自然是张道藩先生。他平时工作相当忙碌，但每次都会在蒋碧微需要的时候尽全力相助。

雪中送炭才最显珍贵。

「 离婚 」

金钱无法偿还的痛

蒋父辞世之后的几个月，消息一直瞒着蒋母。蒋父与蒋母多年来情投意合，恩爱非常。当年蒋父来到重庆，蒋母由于年老体弱，实在无法与夫共同前往。这之后她老人家就孤身一人留在上海，生活极其艰难。直到蒋碧微的二堂兄将蒋母接到南京奉养，蒋母总算过上了闲适的生活。蒋父过世之后，消息早已传到南京，只是众人都绝口不提此事，毕竟蒋母上了年纪，又与蒋父感情颇深，怕她听后无法接受这个消息。可是蒋母几个月不曾收到蒋父的信件，总是念叨着，怎么这么久都没有消息？也许夫妻之间真的有心灵感应，或者蒋母从大家的眼神里读懂了什么，在蒋父离开之后的第九个月，蒋母忽然中风，从此卧床不起，不久后也不幸辞世。

这件事对蒋碧微来说，又是致命的一击。

而紧接着，就是处理她和徐悲鸿离婚的事。

蒋碧微与徐悲鸿终于正式谈到了离婚的细节问题。蒋碧微提出的条件是：徐悲鸿支付赡养费一百万元，另外要他一百幅画。而最终因条件没有谈妥，离婚的事情又一次搁置下来。

一直拖到一九四五年冬天。起初徐悲鸿认为蒋碧微所要费用太高。最后，他还是念在她年纪轻轻就和他远赴国外，又养育了两个孩子，这些年确实辛苦。而她今后要面对的生活也十分不易。因此，他决定尽全力满足蒋碧微的要求。两个人商定，生活费一百万元，徐悲鸿的画作一百幅，另外还要他所收藏的古画四十幅，其中包括蒋碧微点名要的任伯年的杰作《九老图》。

这之后，为了早日完成要给蒋碧微的画作，徐悲鸿开始忙碌起来。他不仅要画一百幅画给蒋碧微，还要画一批出卖，以赚取费用，凑成一百万给她。他每天清晨要到中央大学艺术系教课，其余时间都要埋头作画。

在一九四五年十二月三十一日，签字离婚仪式在重庆大学教授宿舍张圣奘先生家里举行。在场的除了律师外，还有几位好友。

那一天，徐悲鸿带着一百万块钱和一卷还未装裱的画，早早到了。他看起来气色不太好，面容枯槁。到了下午四点多，蒋碧微和徐悲鸿签字完毕，没有过多交流，各自离开了。

就这样，一场如焰火般绚烂的爱情，宣布告终。

第七章

爱与不爱——在传统与自由之间

为什么她爱我而我不爱她，我却无法启齿向她直说："我不爱你。"

为什么我深爱一个女子，我却不敢拿出英雄气概，去向她说："我爱你。"

为什么我早有相爱的人，偏会被她将我的心分了去？

为什么我明明知道我若爱她，将使我和她同陷痛苦，而我总去想她？

为什么我一点儿都不知道她对我是否也有同等的感情，我就爱她？

为什么理智一向都能压制的我，如今离开了她，感情反而控制不住了？

为什么我明知她即使爱我，这种爱情也必然是痛苦万分，永无结果的，而我却始终不能忘怀她？

「 猜度 」

你不必问她是谁

蒋碧微最早与张道藩相见，是在一九二二年的柏林。那时他还在英国的一所大学里学画。假期时到德国来游玩，听说这里住着一位中国画家徐悲鸿，便到住所来拜访，希望结识一位志同道合的朋友。那一次的见面，蒋碧微对他并没有很深的印象。只记得此人谈吐不凡，应是出身不差。

而说起第二次见面，张道藩总是深情地回想起当时的场景："那一天你给我留下极深刻的印象，记得吗？你穿的是一件鲜艳而别致的洋装。上衣是大红色底，灰黄色的花，长裙是灰黄色底，大红的花。你站在那红地毯上，亭亭玉立，风姿绰约，显得多么的雍容华贵，啊！那真是一幅绝妙的图画。"每次听他这样说，蒋碧微都是很感动的。毕竟，不是所有人都记得那么久之前的某一天，你穿的、你说的、你的表情，他能记得，说明他在意。

从那时开始，张道藩与蒋碧微夫妇成为了好友。在一九二四年，张道藩完成了英国的学业到了巴黎，这之后经常和徐志摩、蒋碧微等人相聚。再后来众人成立了"天狗会"，蒋碧微称张道藩为"三弟"，张道藩则称她为"二嫂"。在蒋碧微眼中，张道藩是一位乐于助人、仗义执言的朋友。而与丈夫徐悲鸿比起来，张道藩可以说是很生动的一个人。大概由于家庭环境较好，张道藩天生自信、乐观，为人也更高调一些。与朋友们一起相聚时，他总是焦点人物，举止优雅，言谈幽默。每次有朋友找他帮忙，他都义不容辞，而且事情都要办得熨帖周到。和这样的人比起来，丈夫徐悲鸿反而显得不够生动有趣了。不过蒋碧微始终也没有将自己的命运和张道藩联系在一起。直到有一天，蒋碧微收到张道藩这样一封信：

　　为什么她爱我而我不爱她，我却无法启齿向她直说："我不爱你。"

　　为什么我深爱一个女子，我却不敢拿出英雄气概，去向她说："我爱你。"

　　为什么我早有相爱的人，偏会被她将我的心分了去？

　　为什么我明明知道我若爱她，将使我和她同陷痛苦，而我总去想她？

　　为什么我一点儿都不知道她对我是否也有同等的感情，我就爱她？

　　为什么理智一向都能压制的我，如今离开了她，感情反而控制不住了？

　　为什么我明知她即使爱我，这种爱情也必然是痛苦万分，永无结果的，而我却始终不能忘怀她？

　　——你不必问她是谁？也无需想她是谁？如果你对我的问题觉

得有兴趣，请你加以思考，并且请你指教、解答和安慰；以你心里的猜度，假如我拿出英雄气概，去向她说："我爱你。"她会怎么样？假如我直接去问她："我爱你，你爱我不爱？"她又会如何回答我？

张道藩

一九二六年二月八日于意大利佛罗伦萨

拿到这封信时，蒋碧微思来想去，才恍然大悟。原来张道藩信中所指的那位深爱的女士，竟然是她自己！她被这真相吓了一跳。不仅因为自己有了家庭，而她一直待张道藩如好友。更是因为她也了解张道藩的故事。

最初张道藩身边有一位关系要好的女士。说是要好，恐怕只是那位魏小姐一厢情愿。她与同乡胡小姐的住处距张道藩的住处不远，因此三人经常相约吃饭或是看电影。哪知这朋友间的相处，竟让魏小姐逐渐对张道藩产生了不一样的感情。可是张道藩的心思根本没有在她身上。

在巴黎，朋友们会经常参加一些舞会。张道藩就是在舞会上认识了可爱的法国少女素珊。这女孩清纯可人，家世又好。并且素珊姑娘对张道藩一往情深，好友们都很为他们这段姻缘高兴。可是张道藩在和素珊相处时，显得并不快乐，常常眉头紧锁，心事重重。众人不清楚其中缘由，以为张道藩是想向素珊求婚而不敢行动。天狗会的老大谢寿康自告奋勇去替他向素珊求了婚。而张道藩为了摆脱内心的纠结，似大义凛然般同意了。求婚竟然十分顺利，素珊本

人及家人当场就表示同意了。就这样，在大家的帮忙之下，张道藩
与素珊正式结为夫妇。大婚的那天，张道藩狂醉，不停高歌、乱舞，
引得岳父十分不满。后来蒋碧微才知道，张道藩那天不是为了娶到
心爱的女人而高兴，实际上他的内心是十分痛苦的。

　　婚后，张道藩回国去了。他的离开，使蒋碧微轻松了一些。毕
竟得知了他的心意，蒋碧微在之后和他相处时，免不了有些不自然。

「 求助 」

绝境中伸出的援手

到了一九二八年下半年，蒋碧微同丈夫回国。这时听说张道藩要接素珊来中国结婚，众人都十分高兴。虽因在外旅行没有亲自参加婚礼，蒋碧微还是衷心地为张道藩和素珊祝福。婚后的张道藩，事业方面也很顺利。先是到青岛大学任教育长，再到浙江省教育厅担任要职。虽然两人关系有些尴尬，但好在只有他们二人心里知道。无论他们在哪个城市，都尽量通信保持联系。每次蒋碧微有难，张道藩都是第一个出现在她身边，这令蒋碧微一直很感激。久而久之，蒋碧微也形成了一种习惯，每当有自己无法解决或者十分困惑的事情，第一个想到的就是找张道藩帮忙。

蒋碧微不堪重压，离家出走之后。张道藩找到蒋碧微。他深知蒋碧微内心遭受了巨大的打击，但是为了他们夫妻二人能够家庭和睦，他还是苦口婆心地规劝蒋碧微回家。他觉得。不管丈夫是否有心悔改，蒋碧微都应该以家庭和孩子为重。况且这种冷战对解决事情没有一点好处。蒋碧微虽然对他的话深以为然，无奈自己性格实在倔强，加上丈夫对她的出走，似乎没那么在意，仍然照常忙碌着。

丈夫的这些反应，都不如普通朋友显得着急，这只会令她更气愤。因此她根本没有回去的打算，反而写信给张道藩，请他帮忙介绍一份工作。她知道，在身边这些朋友之中，张道藩是最有办法的。在信中，她首先对之前没有听从张道藩的劝解而返回家中，表示了歉意。接着说出了自己如今生活上的困苦。想独立起来找一份差事。不过张道藩收到信后，没有立刻照办。因为蒋碧微是和丈夫吵了架而离开家的，若他帮忙找了工作，岂不是进一步促成了他们夫妻的分离？于是他只好在蒋碧微困难之时拿些钱财来帮助她。

那些年，无论是精神上，还是经济上，张道藩都给予蒋碧微无微不至的关怀。包括对她的父母和孩子，都是极大的支持。

「 表白 」

他所爱的竟是她

一九三六年，蒋碧微和孩子们居住在傅厚岗的房子里。张道藩和其他好友偶尔会到蒋碧微家里聚会。有一次张道藩过来用晚饭，等到孩子们都睡了，留下蒋碧微和他在客厅。刚刚在吃饭的时候，蒋碧微已经觉察出张道藩有心事，似有话要说，又很难开口的样子。于是蒋碧微和他聊起天来。

张道藩对蒋碧微有着不一般的情感，明眼人都看得出来。此时张道藩看着蒋碧微，壁炉中的火焰映得她的脸庞绯红，甚是好看。他忽然很想将心里话都说出来。

他告诉蒋碧微，在这样的环境下，他感觉到了温暖和舒适。蒋碧微不解，张道藩是有家室的，如果一家人围炉取暖，情调一定也很好。她疑惑地望向张道藩，却看见他眼底落寞的神色。

张道藩缓缓说起了妻子素珊，他们已经相守数年，相敬如宾，关系很好，也有一个可爱的女儿丽莲。可唯一让人叹息的，就是他们之间总是沉默，很难找到共同的话题和火花。这样的境遇，蒋碧微太懂得。

这似乎触动了蒋碧微的敏感的神经。没有合适的话题，这或许是许多夫妻之间的最大问题吧。她和徐悲鸿，同样是逐渐变得话不投机，从而渐行渐远。

蒋碧微与徐悲鸿分开之后，张道藩更是时常看望她，给予了许多关心和照顾。他反复犹豫过，是否要将内心的情感表达出来。而此时，他觉得正是时候。近来时局紧张，他身上的职责繁重。他时常感到精神的疲惫，无时无刻不想着能有一处温暖的港湾，安放他的心。

曾经，徐悲鸿的事情让蒋碧微的生活陷入混乱。他知道，除了关心，他并不适合做出其他承诺或举动。于是，在那么久的时间内，他只是默默陪伴着，愿她少受伤害，一切安好。而今天，他终于要不顾一切说出来，希望他们的心，是在一起的。

蒋碧微根本没有弄清楚情况，她不了解张道藩的意思，更没想到他就在她面前说起了家事。于是想要宽慰眼前这个人。于是鼓励他说："道藩，你要坚强。"

张道藩从蒋碧微的话里得到了力量一般，忽然变得勇敢起来，他双眼炯炯有神地盯着蒋碧微，说出了久久藏在心里的话。

蒋碧微这才明白，张道藩是在向自己告白。她毫无准备，惊恐地睁大了眼睛，急忙站起身来后退了几步，险些撞到沙发的扶手。这样的反应，让张道藩愣住了，不禁流露出失望的表情。

蒋碧微想要将话说明，又担心言语过激会伤害对方，一时不知如何是好，索性转移了话题，避免张道藩脸上挂不住，日后也好继续做朋友。

她表达了爱情的观点：恋爱就像爬山，携手攀登，途中人人都在欢呼高歌，然而一到峰顶，无论是向前或向后，摆在面前的就只有下坡路了。夕阳无限好，只是近黄昏，走下坡路又是多么可悲的事呢。唯有心灵中的爱是最纯洁，最美丽，而且是永远不朽的。

说完这些话，蒋碧微觉得应该在张道藩可接受的范围之内。她站在他面前，观察他的反应。其实，她不是一点都没有考虑过张道藩。和丈夫比起来，他是一个知冷知热的人，即便是两人作为朋友，张道藩都会在百忙之中抽出时间关心照顾她。他的细心和体贴，是她从没有在丈夫身上感受到过的。人非草木，孰能无情？就算是冰山，也有被融化的一天。何况，蒋碧微天生是敏感又多情的，她十分需要一个人能给她温暖。可是当她想到要接受张道藩，接下来的一系列麻烦可想而知。已经经历过一次失败婚姻的她，真的怕了，她真的是怕了！她始终保持着自己的冷静，即便对张道藩的行为很感动，也对现实的婚姻生活很绝望，她还是没有做好准备去和另一个人重新开始。就算丈夫不再回来，她难道不考虑素珊的感受吗？一个家庭的解散，又哪有那么容易？

　　想到这儿，蒋碧微更坚定了信心。至少在这个时候，她决不能接受他。

　　张道藩极度失望，亦无心再逗留，转身告辞。在他走后，蒋碧微回想了一遍刚刚说出口的那些话，觉得并无不妥，便长舒了口气。

「 生情 」

书中无别意惆怅久离居

一九三七年卢沟桥事变之后，蒋碧微及几位好友一起到张道藩家里避难。而徐悲鸿在和蒋碧微大吵一架之后，孤身前往桂林。而这一段时间，蒋碧微和张道藩之间的情愫，竟然不知不觉蔓延开来。

虽然居住同一屋檐下，但由于好友众多，两人几乎没有机会单独倾诉心事。后来他们想了个办法，秘密传送书信来沟通。为了尽可能地隐蔽，他们各自取了替代的名字，张道藩原有的名字"振宗"被专门用来通信，蒋碧微则给自己选了一个"雪"字。起初张道藩说"雪"字不好，因雪太容易融化。后来，他又觉得这个字很适合，并说：

我现在叫你雪了，就让你自己所选的这一个字，永久留在我心坎上吧。我希望你这"雪"，是拿喜马拉雅山世界上最高峰的积雪，宇宙间最高贵，最洁白，最令我崇拜，珍贵，心爱的雪！我希望有一天能死在这雪里，这雪会结成冰，给我作一口晶莹皎洁的棺材。我的身体尽管让它腐烂，但我必须保留我这一颗小小真挚的心，那颗心上一定永远现着"雪的真爱者"这几个字！于是将来有一天，一位探险家到达了那个最高峰顶，他很自然的发现这个奇迹，把这段神秘不可思议的恋爱故事传播到人间。

读了这封信，蒋碧微感觉自己的心瞬间变得柔软无比。之前的相处中，根本看不出来张道藩竟是如此细腻的一个人，他在信中的语言是如此的丰富，比喻是如此的美妙。蒋碧微觉得自己很幸运，因为那样一位平日里正统严肃的政治家，私下里竟然对自己如此钟情。这是这世间多少女人梦寐以求的事情。

可是不久后，蒋碧微决定搬家到重庆去。临别之际，张道藩显得十分不舍。他在信中写道：

我的雪本来是人家的一件至宝，我虽然心里秘密的崇拜她，爱着她，然而十多年来，我从不敢有任何乞求，一直到人家侮辱了她，虐待了她，几乎要抛弃她的时候，我才向她坦承了十多年来，深爱她的秘密。幸而两心相印，才有这一段神秘不可思议的爱。但是忽然人家又要从我的心坎里把她抢回去了。请问上天，这是公道的吗？请问爱神，这样是合理的吗？我的雪，千言万语，也说不尽我心中的悲哀，再多写些又有何用？我只希望彼此真正做到"海枯石烂，斯爱不泯"这八个字，那就好了，至于此后何时能再相见？如何能通情愫？全都无法知道，不过，无论在任何情形之下，请你记着，我是永远爱你的。

这封信蒋碧微读过无数遍，"海枯石烂，斯爱不泯"这八个字，令她热泪盈眶。她又何尝不是这样期望的？

启程的时间临近，张道藩的信也是越写越长，越写越哀伤：

雪：

我一想到你走了以后，我们几乎连信都不能写了！啊！我到那时一定会发狂自杀的！我整天想找一个机会，到什么地方去大叫大哭一场，或许可以减少我心中的苦痛，我这两天总想着等战事完了，再来一个总解决。但是我现在却怀疑我有没有勇气等到那个时候了，我万分憎恨我自己，我恨我没有勇气告诉他"我爱你"！只有我才配爱你！只有我才能领略你的伟大和天才！只有我才能鉴赏你的美丽！只有我才能真正的爱你！啊！教我怎样写下去？请你拿一把刀来，剖出我的心，细细去看吧！我爱你！我爱你！我爱你！千千万万个我爱你！一个人心里在流泪，表面上还要装出笑容，天下事还有比这更苦的吗？我一想到你就快要离开我，我的心全碎了，我已经没有勇气生活下去！啊！你忍心去吗？我这几天的作法，无形中把滔天大祸暂时缓和了，遮掩了，但是我自己觉得我真成了一个世界上最卑鄙的人了！我忍心看着你，想着你同他在……啊！天！我真太可怜太卑劣了，我将何以为人？我今天一天心里只觉作痛，相对而不能诉衷曲，这是何等的可悲！请你写几句话给我吧……

此刻是凌晨四点半钟，我由睡梦中哭醒来，用我的热泪，和着墨水，给你写几句话。原来我已经在梦中送你的"行"了，轮船开动，浪花四溅，徐徐西驶，你在船上，倚栏而立，彼此相视无言；当船去已远，人影模糊时，我掉泪了，我伤心了，我放声哭了！醒来方

知是梦。心中虽然窃喜这只是梦，但是，我的雪，这不是几天以后
就会成为事实的吗？雪，有什么法子能教这事实变成梦呢？我们这
种神秘不可思议的爱，果然不出我们所料的，现在就给我们苦痛了。
你为了我，一切降心相从，受尽委屈的妥协了。你的苦痛，或许比
我更多，更深，我一想到这儿，我就万分惭惶，我不能使你减少苦
痛，不受委屈，叫我怎能不自愧自责？我的雪，现在还有什么补救
的方法吗？假如还有办法，不管怎么办，只要你认为可行，只要你
认为可以给我们慰藉，只要你认为那样做了我们不会后悔，请你下
命令吧！我一切听信你，绝对服从你，纵使要我牺牲一切的一切，
我也在所不惜！雪，请你下命令吧！你说过你愿意我很"坚强"，希
望我给你勇气；我也这样想过，我应该做一个刚强的男子，我不是
一向都在这样勉励我自己吗？但是到了这几天，我不行了！我发现
我比谁都弱！啊，亲爱的雪，为了你而示弱，为了爱而示弱，该不
能算是卑鄙的吧？雪，我真太爱你了！我会爱你到如此地步，老实
说，在一星期以前连我自己都没有料到，我以前总以为我能克制自
己，但是到了现在，证明这种自信全失败了。

昨天整夜不能安眠，我初以为读书可以给我一点勇气，度过这
如年之日，可是到了今夜，一切都无效了。你的行期益近，也就像
我受死刑的刑期益近一样；啊！我还怕死吗？不，我决不怕死，假
如会有另外一个人值得你爱，我可以死了让他。但是，我的雪，你
想现在还有那样的一个人吗？我一想到你以后会受种种苦痛，我的
心就要碎了！

宗

临行那天，张道藩为了能多看她一眼，更是险些没能下船。两人依依惜别，恨不能这一刻就开始相守到老。而出发后，蒋碧微第一件事就是给张道藩写信，这一路都没有停歇。可是这样远途地邮寄过去，又担心同住在张道藩家里的几位好友撞见。而她又急切地想写很多心里话给他。于是她想了一个办法，在一只信封里，装两封不同的信。张道藩是十分精明的人，他收到蒋碧微的来信，势必会小心地先拆开，一封信自己读，一封信给朋友们读。

就这样，两个人隔着千山万水，用书信传递着思念之情。每一封信里，两人都详细地叙述每日做过的琐事，吃过什么，去过哪里，见到过什么人，不一而足。在他们看来，看到了这些细节，就仿佛看到了对方一样。他们迫切地想要知道对方每一天的心情，每一刻的感受，只有这样，才能觉得和对方贴得更近一些。

几天后，蒋碧微正在旅馆里休息，听到旅馆里的茶房叫她去接电话。一听说是南京打过来的电话，蒋碧微立刻兴奋地跑下楼去。接着，她就在电话中听到了她朝思暮想的那个人的声音。这声音是多么熟悉，虽然明知道距离遥远，可是就像对方在身边一样。可惜张道藩身边有朋友们在，两人不方便互诉衷肠。张道藩假装平静地询问蒋碧微的近况，就像许久没有联系过一样。虽然只有短短的十分钟，也足够蒋碧微回忆好久。

闲暇时，蒋碧微时常会拿张道藩与徐悲鸿做比较。若说才华，徐悲鸿是名画家，在艺术领域颇有成就。但是他为人木讷，不苟言笑，做朋友没问题，作为丈夫，实在不合适。蒋碧微跟着他这么多年，甚少受到过他的关心。甚至有时，蒋碧微觉得他对自己可以称作冷漠。但如今两人分开，也有一部分原因是他们二人的确没有共同的话题，没有共同的兴趣爱好。

而张道藩，自然也是很优秀的。不同的是，他是温柔的，体贴的，并且能真正站在蒋碧微的角度考虑问题。张道藩对自己钟情这么多年，蒋碧微不是不感动。只是之前一直把自己的心完完全全交给了徐悲鸿，没办法分出一部分给别人。可现在她已经对徐悲鸿绝望了，也不想再继续压抑自己。她想，或许张道藩就是更适合自己的那个人。没有人会对他的关怀无动于衷，特别是像蒋碧微，自从离开父母，可以说没有感受过被人心疼的感觉，连她自己有时都忘记了自己女性的身份，像个男人一样辛苦劳作。所以当张道藩待她如明珠般细心时，她才发现，自己是如此需要被呵护。

不止在生活细节方面，在经济上，张道藩也是想方设法去帮助蒋碧微。

初到重庆生活的那段时间，蒋碧微在费用方面相当拮据。但她从没有和张道藩说过这件事。可是聪明的张道藩怎么会不知道呢。他在来信中写道：

你托我保管之款千元，此刻既不需用，贮寓中铁柜殊不保险，今晨特代存进中行鼓楼办事处，限期六个月，自一九三七年十一月三日起至一九三八年五月三日起，按周息六厘生息，定期存单号数。经手办理存入者为该处的许君，此人余与相识，兹详记于此。若存单遗失，可向该行申请挂失，以信封封固，外书名"碧嫂寄存重要文件"。倘余遭难，汝可根据上述各种详情，查取存单与图章，如不能得，即据此详情向该行办事处挂失，觅保取款，当无问题。汝积蓄此款颇不易，故余代汝办理此事，必须特别郑重清楚，心方能安。

　　蒋碧微读过信，想了很久。自己何时有这样一笔钱，又劳烦张道藩帮忙寄存到银行去？当看到"倘余遭难"四个字，她才恍然大悟。这一千元钱，是张道藩为自己存的。他深知蒋碧微一个人要照顾一家人，在战乱中又很难寻找赚钱的机会，日子定是过得辛苦。为她存下这笔钱，以备不时之需。

　　蒋碧微被深深地感动了。大概世间最深沉的爱，不是仅仅嘴上的嘘寒问暖，而是发自内心的急你之所急，想你之所想。即便他自己的将来都无法确定，也要先安排好你日后的生活。

第八章

结局已定——曲终而人散

和徐悲鸿在一起时，蒋碧微觉得自己从一个十八岁的少女，瞬间变成了要为柴米油盐操心的庸俗妇人，每天攥着有限的钞票算计着。还要为了鸡毛蒜皮的小事与丈夫吵个天翻地覆。而那时的她，没有权利不去庸俗。可是在张道藩身边，蒋碧微可以任性得像一个少女，仿佛自己重回了十八岁。她还是那个可以在父母怀里肆意撒娇的女孩，她可以将高兴不高兴就摆在脸上等着人来哄，她可以把她全部的感情，毫无保留地放在一个人身上。她觉得，这才是她自己！

「 素珊 」

不可回避的责任

由于一九三八年元月国民政府改组，张道藩调任教育部次长。另外，他说过段时间要到重庆一趟。这简直是个极大的好消息！蒋碧微兴奋地看着信，字里行间都透露出张道藩内心的欣喜。他们两人是多么渴望早日见面啊！

终于熬到了一月十五日，张道藩来到了蒋碧微的住处。而与蒋碧微做邻居的几位好友也都过来和他叙旧。张道藩拉着伯阳和丽丽的手，询问他们近来的情况。而蒋碧微为了不引起大家的注意，远远地坐在角落里，深情望着心爱的人。尽管此刻他们不能谈情说爱，但就这样安静地看着他，已经觉得很满足了。对于一对正在热恋着的情人来说，短短的几分钟相聚，是十分来之不易的。即便两人必须假装老友一般，内心却已经交流过了千言万语。

张道藩在重庆逗留了三天后，匆匆忙忙离开了。这之后，两人都处于忙碌之中。而这时，为了安全起见，张道藩将素珊母女送到重庆。作为为数不多的女性好友，蒋碧微自然要担起照顾她们的责任。可是这不可避免地引起了蒋碧微内心的酸楚。素珊毕竟是张道藩的妻子，而蒋碧微还要与她姐妹相称。每次和她见过面，再回去读张道藩的信，都令蒋碧微困惑不已。

后来搬到北碚，蒋碧微索性想与张道藩断了联系。她忍着一个月没有给他写信，而张道藩的信却如雪花一样纷至沓来。他在信中急切盼望蒋碧微能够回信：

雪！可怜我吧！我一知道你苦痛，我的心就疼了。你要是真爱我的话，你要还爱我，你应该想尽种种方法快乐下去。我愿意看见我的雪那一双神秘的眼睛，永远是光明的，我愿意看见我的雪那可爱的嘴上，永远带着爱宗的微笑。啊！我最爱的雪，我想到你这幅可爱的画图，显现于我的眼前，我真要发狂了……我的雪，我爱你！千个爱你！万个爱你！永远爱你！至死还爱着你！雪，笑吧！让我数个千里外听见你那娇脆爽朗的笑声吧！啊！雪，你要见我这样发狂，你或者会骄傲得看不起我了！随你吧，我是不怕在你面前丢脸的！我既是把我的心都给了你，其余一切还算什么？你说对吧？我的雪，啊，我真发狂了，我现在疲倦极了！我不能再写了！假若你迁移住地，应早告诉我，因为我不愿意我给你的信，落在别人手里。

每当看到张道藩充满期待又绝望的信，蒋碧微内心十分焦灼。她无法做一个冷酷无情的人，也不能将自己波澜起伏的感情隐藏起来。最后，她还是回了信。人生苦短，何必这样折磨自己？

可是两人的通信才恢复没多久，到了五月，张道藩又来到重庆。此次到来，他还带着几位朋友。而重庆的众好友亦是热情接待。他的到来，似乎令每一个人都雀跃起来。连帮忙做饭的同弟和坤生都很高兴。于是蒋碧微想，张道藩与徐悲鸿两人的处事与性格，果然有很大差别。

吃过了饭，参观了蒋碧微的住处，到了晚上，众人陪着来客到北温泉游玩，并准备住在那里。在途中，蒋碧微借机会悄悄告诉张道藩，过几天会到重庆去看他。两人都显得很期待。可是到了旅馆，好友郭太太和蒋碧微闲聊时提到，张道藩此次回来，素珊表现得特别温柔体贴，而张道藩亦是对妻子疼爱有加，两个人看上去如胶如漆，格外恩爱。这无意间的闲聊话，于蒋碧微而言无异于晴天霹雳。前一刻还和自己眉目传情的那个人，转身又要投入妻子的怀抱。他们有可爱的孩子，有多年的夫妻情分。那自己算什么？平淡生活的调剂？还是他远方思念的其中之一？

很长一段时间以来，蒋碧微将全部心思都投入到张道藩身上，把对方当作是自己的全部。还包括她的将来，都想过要依靠他。每一次读张道藩的信，蒋碧微都热泪盈眶，他那些感人至深的话，难道也可以同时对另外的人说吗？蒋碧微突然觉得自己多么幼稚可笑。

他从来都不是她的！

这想法压得蒋碧微喘不过气。似乎她之前的种种美好幻想瞬间都被推翻了。她虽然从未想过要独自占有张道藩，可是她一直以为张道藩与素珊是并无感情的。如今看来，自己真是表错了情。

痛定思痛，蒋碧微决定不再去打扰他们的生活。她讨厌自作多情，哪怕错过了对方，也不愿被他人所嘲笑。没有办法，谁让她天生就是如此敏感又倔强呢。

第二天，蒋碧微装作若无其事的样子给几位客人送行。因之前注意到张道藩参观她的住处时在书架中塞了东西。她急忙翻出来看，原来是三百元钱。内心很感动，可是蒋碧微还是努力让自己冷静下来，告诉自己不要再做傻事。之后，她忍着不给张道藩回信，也没有按照约定好的去重庆看他。

张道藩回去等了三天，仍不见蒋碧微的消息，急得像热锅上的蚂蚁，做什么事都心不在焉。他在给蒋碧微的信中，表达了他的急切与盼望。可是蒋碧微回信给他，明确表达了自己的想法：她不想破坏他的家庭，不想伤害单纯的素珊，更没有想过要单独占有他。她想要断绝这种关系，希望张道藩以后能视她为妹妹就好。她的这种说法，简直让张道藩发疯了！他回信写道：

你写那封信的时候，哪里全想到它给我多大的打击和苦痛！我虽然知道你信里的一字一句，无论你怎样说法，都是因为爱我太过，受到痛苦以后的自然流露。但是我读信以后，不能不恐惧，彷徨，失望，你真的要忍痛放弃我吗？你真能做得到吗？我不会骂你负心，我在任何情形之下，都不能骂你负心。因为我知道你是爱我的，我除了自己惭愧，不能将我的一切献给你而外，我还有什么理由，有什么权利可以骂你？亲爱的雪，当你写到"再会吧"三字时，我可以想见你的心情是怎样的难受。但是，雪，你真忍心吗？你要是在这儿见到我这么苦痛可怜的样子，你一定会热烈地吻着我，说你收回你的话了……

这之后张道藩的信越来越频繁，内容也越来越长。他很害怕会失去蒋碧微。可是蒋碧微态度一直坚决，即使自己内心是痛苦的。见事情不好挽回，张道藩索性从汉口乘飞机到了重庆。这一次见面，仿佛之前的隔阂与误会顿时化为乌有，剩下的只有两个人的浓情蜜意。更难得的是，此次见面没有他人打扰，他们二人尽情畅聊到深夜才依依不舍地分开。

好在之后，张道藩将工作地点迁至重庆，虽然远在南温泉，总算与蒋碧微见面的机会更多了些。不过通信是一直的习惯。为了掩人耳目，两人都是小心翼翼。蒋父到重庆后，有一段时间同女儿一起居住。有一次蒋碧微回到家，看到桌上有信，兴奋异常。可是拿起来才发现，信封被拆开过了。她一惊，听见身后父亲说："信是我拆的。"蒋碧微的脸瞬间变得通红。虽然与丈夫不睦已久，父亲也不会因感情的事责怪女儿。但张道藩毕竟是有家室的人，若被父亲知道两人的关系，势必会影响张道藩在父亲心中的印象。她连忙打开信，看里面写些什么。打开后赫然发现，细心的张道藩竟然用了两层信封，而父亲根本没有将内层的信封拆开。蒋碧微长舒一口气，赶紧写信将这件事告诉张道藩，连称太幸运了！

两人的信越写越多，后来张道藩提议，将每人手里的信件，抄写一份，这样，一份自留，一份可以整理成书。而关于写书，蒋碧微的好友方令孺，很早就建议过蒋碧微，可以将自己前半生的经历出版成书。一个原因是蒋碧微的感情和遭遇算得上是十分丰富的。另外一个原因是，这些年常常有报纸胡乱猜测编写，导致外界对蒋碧微和徐悲鸿之间的恩怨纠葛众说纷纭。蒋碧微不止要顾及自己的形象，更不想外界不负责任的言论影响到两个孩子今后的生活。因此，她觉得一定要写传记。并且，她考虑到如今和丈夫的事情没有最后的尘埃落定，还是要再等几年之后，所有人都可以心平气和地回顾这些事的时候，再动笔吧。

至于张道藩的妻子素珊，在为丈夫生了一个女儿之后，长久得不到丈夫的疼爱。这个单纯的法国女人，一直认为丈夫每日忙于工作，才会对她们母女二人疏忽。却不想，得到了一个人，未必意味着得到了他的心。

感情的事，谁能说得清呢？

蒋碧微与张道藩两人都属于心思缜密之人，为了隐藏他们之间的感情，可谓是做足了功夫。可是，恋人之间的眼神是藏不住的。细心的好友们还是发现了蛛丝马迹。有时哪位朋友想约张道藩谈事情，就会约在蒋碧微家中。最开始这令蒋碧微很诧异。至于为何要

约在她家里，大概觉得这样可以给他们二人创造见面的机会，蒋碧
微想，若是这样，岂不是他们二人遮遮掩掩，而其他人全都心如明
镜地看在眼里？果然恋爱中的人都是傻子！

在蒋碧微和徐悲鸿关系一步步恶化的同时，与张道藩之间反而
是你侬我侬地越发依恋。一九四二年四月十四日，蒋碧微四十岁生
日。张道藩高调地带着大批的鲜花，将蒋碧微在磁器口的住处装饰
得花团锦簇，朋友、同事们都十分艳羡。蒋碧微在父亲、女儿和好
友们祝福的包围之下，度过了难忘的一次生日。而最让她高兴的，
是连续三天都可以见到张道藩。

转眼到了八月，天气凉了起来。恰逢张道藩双亲七十岁寿诞。
众好友决议合送一件礼物，并由蒋碧微亲自送交给张道藩手中。这
份礼物是一篇寿序，装裱好以后，蒋碧微带着礼物乘车进城。进入
文化会堂，蒋碧微正要去找张道藩，一位工友见到她，立刻跑了过来，
低声告诉她，张太太也在这里。蒋碧微有些惊讶。素珊平日里是很
少来这种地方的。她一向不太参与丈夫工作方面的事情，而由于是
外国人，在中国也和张道藩的朋友们不大往来。不知今天为何突然
在这里出现了。不过转念一想，自己今日是带着礼物而来，算是为
重要的事而来，不算尴尬。而众目睽睽之下，若是现在提着寿序就走，
岂不是更显心虚？

想到这儿，蒋碧微带着寿序，径直走进张道藩的办公室。对方
见她来了，表情极为不自然。蒋碧微心知肚明，用眼睛扫了一圈，

见素珊并不在，她便知道，那一定是在隔壁了。因隔壁与这间办公室仅隔一层木板，且木板上有一条缝隙。既然素珊没有出声，那一定是在隔壁观察着这边的动静。既然如此，蒋碧微便很自然地跟张道藩闲谈几句后告辞。虽然化解了一场危机，但她仍觉得懊恼。毕竟这样的碰面，三个人都不自在。她也不想给张道藩惹出麻烦。

自以为这件事就这样解决掉了，哪知远没有她想象得简单。张道藩在接下来的信中详细地叙述了后来发生的事：

雪：

一切都只怪我这个不应该再存在的人，我此刻心里的难受，是我一生之中所未有的。我真感到无法再支持了。昨早我说中饭后下山进城，她要我今早进城我没有答应，她也就不再说话。下午三时我已动身下山，她忽然决定非陪我进城不可，我甚至于说改为今早下山，她也不行，因此我昨天已料想着也许会有今早这一幕的。你来的时候，她没有出来，当时我进去看到她在床上流泪。你走后她仍然饮泣不止。她今天有这样的表现，我们的一切可以说她全都明白了。自你走后，我和她交谈了三五句话，至今还在相对无言。中饭时两个人都食不下咽，各自默默坠泪……

看到这里，蒋碧微已是无比愧疚。素珊是个善良的女人，一心一意跟在张道藩身边多年。她始终信任并深爱着她的丈夫。蒋碧微不敢想象，当她刚刚知道丈夫与蒋碧微之间的事情之时，该是多么悲痛欲绝。对于一个身在异国他乡而被丈夫厌弃的女人来说，她的无助与绝望可想而知。而这一切，难道不是蒋碧微一手造成的吗？蒋碧微自知难脱其咎，一时想不通，竟病倒了。而张道藩这时在贵州写信过来，又叙述了一件事情。

张道藩到了贵州老家，竟发现好友们合送的寿序没有按时寄过来。他仔细想了想，终于明白这寿序到哪里去了。她赶紧写信给素珊，要她赶快将藏起来的寿序航空寄过来。至于他为何能想得到这寿序是素珊藏起来的呢？

张道藩想到，当日素珊见蒋碧微到来，心中十分不悦。看到她递给张道藩一件物品，以为是他们的定情之物。待蒋碧微走后，素珊藏起了这件礼物。因她一个中国字也看不懂，根本不知道这件物品是做什么用的。张道藩在给她的信中，严肃地说明了这件寿序的重要性。素珊自知做了错事，赶快将礼物寄了过去，总算赶上了寿宴，张道藩也对双亲有了交代。

不过从这件事上张道藩和蒋碧微都意识到，素珊对他们二人的关系已经到了憎恶的程度。不然按照她平时的为人，她根本不是一个刁蛮任性的女人。她能这样做，只是无法忍受丈夫与其他女人的关系。

甚至到后来，素珊写信给张道藩，将事情挑明。这一次，她一改往日的温柔体贴，甚至是委曲求全。她直接表示要求丈夫断绝和蒋碧微及其家人的一切联系。而这对于张道藩当然是不可能的。他回信回复了妻子：办不到。

　　当张道藩将这些告诉蒋碧微时，蒋碧微没有做出任何反应。她不想伤害无辜的素珊，但她也不甘心就这样失去心爱的张道藩。要她退出，她也同样办不到。

「 相守 」

孤山丽水觅诗情

无法割舍的感情，让两个人的心越走越近。或许得不到的，才更让人念念不忘。在蒋父逝世的那一段时间，张道藩无微不至守护在身边，竭尽全力帮蒋碧微办妥一切事务。当时在朋友圈子里，他们二人的关系已经不算是什么秘密了。人都是这样，看着顺眼，对方做什么都是贴心的，照顾不到的地方也是情有可原。看着不顺眼，对方做什么都是多此一举。那一阵子，是蒋碧微最脆弱无助的时候，而徐悲鸿曾试图在这时挽回两人的感情，也未能如愿。因为蒋碧微的心里，已经装不下其他人了。

蒋父过世后，蒋碧微身边的男佣坤生见她生活压力重，家里也不需那么多人照顾，正好有人介绍他去中国银行福利社去工作。蒋碧微一听，当即答应他过去。她也一直希望坤生能有个正当职业，多接触社会。这样同弟以后的生活也能过得好一些。哪知才走了三个月，因一次斗殴，坤生被同事打得受了重伤，幸好及时被送往医院。这样前后养伤几个月，还发现他患了肺结核和气喘症，福利社自然也就去不成了。正好这时张道藩家里缺一个料理家事的，蒋碧微便推荐坤生过去。而坤生也十分得力，跟着张道藩许多年，深受张道藩的信任。

张道藩这一生只和素珊有一个女儿，名叫丽莲。他曾期望自己能有三个儿子，不幸由于身体原因，一直未能如愿。而这唯一的女儿，自然是他和素珊的掌上明珠，娇宠得不行。丽莲从小身体柔弱，特别是肺部总是出问题。医生建议到气候宜人的地方疗养。最后张道藩决定由素珊带着女儿到兰州去养病。

素珊母女走后，蒋碧微与张道藩见面更加方便了。有时是在张道藩的办公室里聊天，有时是去他的住处。有一次，张道藩心血来潮想要给蒋碧微画像。这些年，为蒋碧微画像的人不计其数，可这是她最期待的一次。

这幅画像，张道藩用的是水彩，画了蒋碧微侧面的半身像。由于蒋碧微还在为逝世不久的父母服丧，头上别着一朵小百花，看起来十分惹人怜爱。这幅画一直被蒋碧微用心保存着。

岁月静好，两人一起度过了一段甜蜜的时光，感情不断磨合，两人也愈发默契。这期间张道藩父亲及母亲去世，使他备受打击，蒋碧微虽没能在丧事上帮忙，但始终守在他身边，安慰他，让他的心情得以平静。就这样，张道藩也无法再离开蒋碧微一步，他的心完全放在了她那里。

到了一九四六年，蒋碧微与张道藩两人已是形影不离。在从昆明到上海的飞机上，张道藩身体不适，加上同行的他的五妹、六妹，还有六妹襁褓中的婴儿，几人都是呕吐不止。蒋碧微这一路贴心照顾着这几人，而他们对蒋碧微亦是如同家人般依赖。蒋碧微的女儿丽丽，从小就和张道藩关系要好，对他十分崇拜。蒋碧微曾开玩笑说，让她做张道藩的女儿。而丽丽和张道藩就真的如同父女一般，他们之间的感情十分真挚，张道藩还经常写信给丽丽，关心她的生活，这令蒋碧微感动不已。

在上海逗留了一段时间，蒋碧微带着丽丽回到了南京傅厚岗家里。想到当年这里居住着父亲、母亲、丈夫、丽丽、伯阳，还有佣人，一家人整整齐齐。如今双亲不在，丈夫离开了自己，连伯阳都参了军，只剩下母女二人。面对如此宽阔的一幢房子，蒋碧微顿觉悲凉。张道藩是何等地了解蒋碧微，他能够读懂她的敏感和要强，因此他经常会来傅厚岗陪伴蒋碧微，让她宽心。

不知不觉，到了一九四七年元月。所有人仿佛脸上都洋溢着喜庆的微笑。十七日下午，蒋碧微从但老先生但老太太家回来，带回来了他们送的一些风鱼腊肉和年糕。而这时，蒋碧微还没有开始准备年货。张道藩下班以后来到蒋碧微家里，看到桌上的东西，问蒋碧微："啊，你已经买了年货了？"

蒋碧微如实回答，是去拜访长辈时对方送的。张道藩没说什么，几个人就一起吃晚饭了。第二天下午，蒋碧微接到坤生的电话。长久以来，坤生在张道藩身边帮忙料理家事，加上做得一手好菜，人又踏实，很得张道藩的赏识。同时，坤生也做了蒋碧微和张道藩之间的信使。每当他们二人不方便见面、不方便通信的情况下，都要找坤生帮忙使二人得以联系。这天坤生打来电话说，张道藩给了他六十万块钱，要他去采办年货，买齐了之后送到傅厚岗来。蒋碧微听后十分感动。想起前一天张道藩还特意询问关于年货的事，想必早已经做好了打算，要为蒋碧微置备好过年需要的物品。这些小事，他总是细心地一件接一件地做着。仿佛蒋碧微不需要对生活有什么担心，他不仅可以为她遮风挡雨，亦可为她处理小如尘埃的琐碎之事。

之后一天的晚上，张道藩原说有应酬的，可是夜里还是冒着风雨来到傅厚岗。蒋碧微喜出望外，连忙接过他的大衣，两个人围着火炉坐下聊天。张道藩满眼期待地告诉蒋碧微，还有四天就要过年了。

对于蒋碧微来说，随着年纪的增长，对于过年的兴趣便越来越淡薄。她对于过年似乎没那么期待。已去世的父母，还有在异地从军的儿子，他们都不在身边，新年她该期盼什么呢？在她心里，已经没有了关于"团圆"的概念，又过年做什么呢？

这个话题让蒋碧微心里有些难过，谁不想一家团圆，她却形单影只。张道藩知道蒋碧微在想些什么。当然，他也不是故意说这些来惹她难过，而是另有打算。他眼睛里闪着光，像是要说一件对他相当重要的事情。他告诉蒋碧微，今年他们要在一起守岁。

蒋碧微没有拒绝的理由，答应让张道藩来傅厚岗吃年夜饭。张道藩兴奋极了，像小孩子得到大人的许可一般。他很期待，甚至还想和丽丽、同弟她们一道来掷骰子。自从离开了贵州的家，整整三十年了，因为时代的变迁，他从那以后就没有过过一次真正的旧历年。

看着张道藩如此期待的脸，蒋碧微是感动的。她很享受这种亲密。张道藩能有这样的提议，说明他们不只是相爱的恋人，亦是相依为命的家人。一个人若是愿意在每一个重要的日子都想起你，甚至很期待能与你一同度过，说明你在他心中的分量。可是，很多事都不能遂人愿。毕竟，张道藩有他的家人，有他可爱的女儿还有贤惠的妻子。按照常理来讲，作为一家之主的他，哪有在外面过年的道理？不过看到张道藩已下定决心似的，蒋碧微也不想扫兴，附和着表示高兴。

到了除夕这一天，一大早就起了床的同弟和坤生，忙里忙外地准备着过年需要的物品。蒋碧微起来以后，看到外面阴郁的天气，心情也跟着压抑起来。她走到客厅，见两个得力的佣人已经摆好了干果和糖，连窗帘等物品都换好了干净的。各个角落都打扫得一尘不染，还添补了一些喜庆的装饰，很有些过年的气氛。厨房里，同弟忙着准备家乡口味的年菜，特意做了团子和年糕。这些只有在家乡才吃得到的吃食，竟然可以在这里享用，蒋碧微觉得，能有如此贴心又得力的佣人真是自己的福气。

丽丽也是很早就起来了。嚷着要帮忙。蒋碧微带着女儿，亲手给过世的父母折叠银锭。这些物品，还是小时候她看到父亲母亲在过年时给家里的老人叠过，那时候她觉得这些事离她还有好远好远。可如今她都要一点点学着做这些事。因为一直把她当作孩子的两个人已经不在了，她再也没有父母可以依靠了。

有丽丽的帮忙，到下午就完成了这项工作。窗外下起大雪来。这银色的世界，才更适合除夕夜吧。蒋碧微写好了神位，又在桌子上摆好了供菜。在这团圆的节日里，人们最想念的，自然是最亲最亲的人。蒋碧微想起儿时的除夕，父亲母亲，还有家里的叔叔婶婶，都忙里忙外得不亦乐乎。她跟着一群孩子在院子里跑来跑去，就等着什么时候香气扑鼻的年糕能出来。那时候过年真热闹啊！而没有见识过外面世界的蒋碧微，觉得全世界最好的东西都在她的家里。爱情，亲情，友情，一切都是那么完美。可是为什么如今她见识得多了，却发现这个世界并没那么完美了呢？

正在哀伤之时，张道藩迎着风雪走了进来。他满脸堆笑，怀中捧着一大捆鞭炮。见蒋碧微几人正在对着神位行礼，笑着问："现在该我磕头了吧。"蒋碧微以为他在开玩笑，结果他真的严肃地行了磕头大礼。

接着几个人欢天喜地地放了鞭炮，又赶紧回到客厅吃年夜饭。

蒋碧微留意到，送张道藩过来的车早已经不在门外了，他当真要陪着他们守岁。这是蒋碧微和张道藩在一起度过的第一个除夕夜，令蒋碧微终生难忘。她多希望，今后还会有第二个，第三个……

第二天，大年初一早上，张道藩睡到几近中午才起身，吃了些点心后，匆忙出了门。当天下午六点多，他又到了傅厚岗。和之前判若两人，他这一来，明显心情不好。想必他回家后，因为没有在家里过除夕的缘故，惹了不少气。蒋碧微心知肚明，但是没有细问。她怕问得清楚了，两个人都不好受。

然而这两人之间的不稳定因素，只会越来越多。

丽丽上了中学，大年初三就要开课。张道藩心疼孩子，提前一天告诉丽丽，开学这天早上会派车来接她，早上八点钟出发即可。蒋碧微当时还为张道藩的细心和体贴感动，两人都没有注意到，丽丽的脸上出现了不情愿的神情。

这天早上，丽丽整理好行李，就开始焦急等待了。一边等，一边还念叨着：若是车子还不来，她就要另外雇车走了。蒋碧微看着女儿，心想她何时变得这样心急了，便安抚她耐心等待。

丽丽仿佛等不及了，她坚持要自己雇车那样能早些到学校。小姑娘拿起行李准备出门。蒋碧微没想明白，女儿今天为何如此反常？她一向是个听话的孩子，为何在开学这天显得如此焦躁？她好言相劝，再等一会儿，车子马上就来。

这本是一件小事情，却想不到丽丽坚决得很。她眼神里充满着不情愿，看来已经准备好要对抗母亲的权威了。她不想坐他的汽车，可以雇车子，一定要自己雇车到学校去。

小小的一个人，竟然这样倔强，让蒋碧微相当诧异。丽丽从小乖巧懂事，因为很早就没有父亲在身边，她从来都是听从母亲的话。她很会照顾母亲的情绪，亦懂得家里条件有限，有好的东西都会让给伯阳。至于她和张道藩之间的感情，更是让蒋碧微放心的。丽丽对张道藩，就是对一个极为尊敬的长辈，并且她之前是很愿意和张道藩相处的。可是今天，她为何如此不想坐他的车子？

蒋碧微不愿女儿对张道藩有抵触情绪，于是温和地安抚丽丽，外面风雨那么大，还是王司机送过去稳妥一些。一听说王司机，丽丽更是逆反起来，拉着行李就要走。

蒋碧微的倔脾气也上来了，坚持要女儿等待。她生起气来，如果丽丽自己雇车走了，等王司机到了这里，看到自己起早过来却白跑了一趟，实在有些失礼。

可是丽丽完全没有听从蒋碧微的要求，快速拿起行李，直接跑出门外。这一系列的动作，像是她迫不及待地要走出这个家。蒋碧微心痛极了，一向听话的女儿，今天竟因为一件再普通不过的小事，闹到这种程度。女儿大了，性格开始叛逆一点也属正常，但她为何偏偏要对张道藩的车这样敌视？看来，蒋碧微一直担心的事情还是发生了。

从丽丽出生，徐悲鸿就对这个女儿不太疼爱。孩子都是敏感的，丽丽对父亲也没有过分亲切。父亲在家里的时间很少，丽丽都是跟着母亲四处奔波。每次见到父亲，丽丽看起来不如伯阳那么兴奋，但也还是有感情的。但是对于张道藩，丽丽才是对他如父亲一般。张道藩对丽丽很疼爱，每次来到蒋碧微住处，都会和丽丽聊天，玩耍。因此，丽丽见到张道藩都是很高兴的。

这些年来，蒋碧微尽量隐瞒她与张道藩之间的关系。即使在后来两人关系半公开化，很多亲友都知晓，蒋碧微也没有告诉丽丽：那个经常照顾他们母女的张叔叔，是妈妈的爱人。不过不告诉不代表丽丽就不知情。几年前丽丽曾因好奇拆开了张道藩写给蒋碧微的信件，那时还是年纪小，识字也不多，大概不会读懂信里的意思。不过这件事令张道藩极为不安。因他家里也有一个女儿，他了解女孩子是很敏感脆弱的，很可能因为一件不起眼的小事，就给她留下童年的阴影。不过后来两人观察丽丽的反应，这孩子也没有什么异常，之后每次见到张道藩，仍然亲切得很。两人这才放心。

而今天这件事的发生，丽丽的种种表现，表明她对这件事已经知晓一部分，并且对母亲与张道藩的关系产生了抵触情绪。"唉！"蒋碧微深深叹了口气，这局面是她最不想看到的。她最担心的，就是在孩子们还小的时候，都能够与张道藩和睦相处，可当孩子们懂事了，知道父亲、母亲和这位张叔叔之间的关系时，会憎恨张道藩，甚至憎恨自己，到那时，她才是欲哭无泪了。

正在发愣之时，张道藩过来了。蒋碧微是个藏不住事的，直接就将早上的事情告诉了他。张道藩的反应很明显，脸上的五官都要聚在一起了。

蒋碧微安慰张道藩，可能女儿是为了时间赶不及，怕迟到。毕竟，她也不想对方在心理上有所顾忌。

张道藩当然宁愿是蒋碧微说的那样。可是从她刚刚的表现，似乎问题不这么简单，她根本就是不愿意坐他的车子，这让张道藩感到很沮丧。

蒋碧微看出了张道藩的不自在，劝他宽心。如今小孩子的世界都很难懂，未必是大人所猜想的那样。有时候，一个学生不愿意自己在团体里被看作特殊分子，连上学都要坐汽车。这或许都是一种可能，他们又何必苦苦猜想。

张道藩想了想，也只能希望真的是因为这个原因。

这件事就这样过去了，两人没有再提起。蒋碧微只说是他们想多了。其实她心里清楚，女儿的确是为着张道藩而赌气的，因为正月初五这一天，正赶上星期天。每年的这一天，丽丽都会和母亲一起拜祭先人。可是她并没有回来。蒋碧微知道，丽丽不是忘记了这个重要的日子，而是不想与她碰面。这让蒋碧微久久陷入了失望之中。

正月初六，吕斯百和谢稚柳到蒋碧微家拜访。谢稚柳亦是当时的知名画家，任中大艺术系教授。他当时住在上海，不过每星期要来南京上三天课。三人聊天，说到谢稚柳刚刚到南京，目前还没有找到住的地方。蒋碧微不假思索，邀请他到傅厚岗来住。这地方相当宽敞，尚有许多房间空着。谢稚柳听后十分高兴，连声道谢。

接着，听到王司机的三声喇叭，蒋碧微知道张道藩来了。几人见面后一起坐下吃饭，谈天说地，气氛很是融洽。晚上九点多，吕斯百和谢稚柳起身告辞，蒋碧微和张道藩出门送他们。两人刚走，蒋碧微转身看到张道藩脸色大变，和刚才淡定自若的神情完全不一样。询问了半天，张道藩才说出缘由。原来，他是生气蒋碧微没有和他商量，竟然留谢稚柳在傅厚岗居住。这样一来，他们二人见面会受到影响。

像现在这样聚少离多，已经够使张道藩苦痛的了。将来谢稚柳在这里借住，虽说一个礼拜只有两三天的时间，可是，张道藩觉得谢稚柳会使他们感觉不便，同时也会妨碍他来看蒋碧微的自由。所以，张道藩显得气急败坏。

蒋碧微有些愣住了。的确，刚才在邀请谢稚柳的时候，蒋碧微没有想到这么多。张道藩这样的看法，倒是让她觉得有些后悔。可是话已出口，无法再收回，只好任凭谢稚柳过来住了。蒋碧微内心生出歉意来。她赔着笑脸哄张道藩，没有什么关系的，他们的关系不会受到妨碍。

张道藩生气的是，他们能有现在这样的环境，是多么不容易。苦苦期待了多少年，付出了多么大的代价，而蒋碧微竟然完全不在意这些事情。

蒋碧微内心已经有了浓浓的歉意。这些年他们两人是如何熬过来的，那些艰苦的日子全都历历在目，她怎么会忘记呢？她又何尝不想与张道藩在一起，每天相聚的时间那样短暂，她是那样珍视。蒋碧微向他保证，范围以内的事，一定会妥善处理。

见蒋碧微有些急了，张道藩意识到自己的反映有些强烈了。他急忙安抚她，表示自己没有恶意。他看着她，轻轻喊了一声，似是有话要说。蒋碧微看着他，等待着他说出口。哪知这个四十几岁的成熟男人，竟然突然流起了眼泪，他呜咽着，为这不自由的生活。

蒋碧微也悲伤起来，两行热泪不自觉滚落下来。是啊！不自由的生活，这难道不也是她的心声吗？她又何尝不在为了这种小心翼翼的生活而痛苦呢？

人性就是如此，得到的越多，就还想索要更多。当初两人只能通信时，觉得能这样在心里互诉衷肠就已经很满足了。后来偶尔能打一通电话，听听对方的声音，感觉彼此离得很近，这感觉多奇妙！再到后来，两人几乎在同一个城市，隔几天就可以见面，可是他们反而不知足了。他们还想更近，想每天都能见到彼此，想一起生活。蒋碧微不止一次想过，若有一天，她能堂堂正正被人称为"张夫人"，该是多幸福的一件事。

当天晚上，张道藩动身去了上海。几天后回来，直接到傅厚岗见蒋碧微。两人见面，先前的小矛盾已经烟消云散，蒋碧微多日来压抑着的心情也好了许多。张道藩走后，丽丽从学校回来，蒋碧微又是一喜。丽丽说初五那天学校有事，因此没有回来。虽然不知是否为实情，总算女儿有所交代，代表她不想与母亲心生隔阂。蒋碧微对女儿的态度很满意。毕竟这么多年，蒋碧微与女儿相依为命，女儿就是她的精神支柱，若是连女儿都不理睬她，她真的不知自己该为什么而活了。

三月，天气渐暖。整个新年期间，蒋碧微都在不停想念宜兴老家。因此她决定回去住上一段时间。自从上一次见面到现在，已有十年了。父亲病逝于重庆，姐姐没能见上他老人家最后一面。母亲更是死在了沦陷区，蒋碧微没能来给她送终。姐妹二人，都有此生无法挽回的遗憾。

轮船驶进宜兴码头，远远看到了姐姐姐夫。姐姐与蒋碧微紧紧抱在一起，相拥而泣。十年了，这十年她们各自经历了太多的痛苦与无助，姐妹情深，她们更对对方的不易而难过。沦陷区里的生活可想而知，姐姐和姐夫都已经两鬓斑白，看上去比他们的实际年龄老了许多。姐夫在一旁，也为这对姐妹相见而高兴。劫后重逢，两姐妹有说不完的话。

抗战期间，宜兴战区，包括周围的地方，都已被敌机轰炸得满目疮痍。三月的江南，该是多美好的世界，而蒋碧微所看到的，却只有饥饿的乡亲，残破的建筑，儿时的那个美好的世界，已经荡然无存。虽然姐姐身体大不如前，但总算家里的几人都还齐全，此生能与妹妹再见上这一面，也算上苍庇佑。在宜兴老宅，蒋碧微与姐姐畅聊到深夜，加上白天的奔波劳顿，很快就进入了梦乡。

在宜兴，蒋碧微忙碌着拜访长辈，虽然如今旧宅破败，但还是有很多亲人住在这里。到了三八妇女节这一天，妇女界推派代表来邀请蒋碧微发表演讲。在他们眼中，蒋碧微就是宜兴妇女同胞的骄傲。之后，两姐妹商议了为母亲迁葬的事情。最后在张道藩的建议下，将母亲的灵柩安放在南京中山门外的永安公墓。墓碑更是由张道藩亲自写的。蒋碧微想，他日若有能力，但愿能将父亲的灵柩带过来与母亲同葬。

回到南京傅厚岗，蒋碧微一个人住在傅厚岗，觉得偌大的房子，更显得自己的冷清了。想来想去，她决定将房子租出去，这样每月可获得一笔收入，正好可以解决生活费紧缺的问题。

　　谈了几家，最后觉得法国大使馆的条件还不错，并且用作办公室，也不会对房子有很多的破坏，就决定租给他们。不过蒋碧微想到既然还要重新找住处，不如用傅厚岗的租金，在后面建造一所小一点的住宅。当时南京的房屋租费很高，这样也算是一种投资。因此在租房子的时候，蒋碧微提出要求，要留下后面的空地，对方也答应了。就这样，蒋碧微搬出了傅厚岗，先是借住在好友吴稚晖的住处，接着三个月后，傅厚岗的房子装好了，蒋碧微又搬过去居住，两个月后，又跟着张道藩去了杭州。

　　这期间，伯阳终于得到了退役令，回到了蒋碧微身边。这是近几年最令蒋碧微兴奋的事情了。为了让儿子能有个好前途，蒋碧微找了老师每日给他补习。可是伯阳天生就不是学习的料，补了一阵子，成绩不见好转，自己又坐不住。丽丽见此情形，主动和蒋碧微商量，不如让老师给她补习好了。蒋碧微觉得也只能这样，只觉得一个儿子，一个女儿，在学习方面，差距真是相当的大。担心儿子耽误了发展，蒋碧微将伯阳送到了徐悲鸿身边，毕竟徐悲鸿对这个儿子还一直都是尽心尽力、疼爱有加的，就由他去给儿子安排个好前程吧。

　　至于丽丽，真是聪明好学，由重大附中毕业后，考入了金陵女子大学。蒋碧微着实为这个女儿感到骄傲。哪知开学不到三个月，时局极度不稳定，人心惶惶。为了女儿的安全，蒋碧微将她送到居住在上海的寿安家。而由于新居刚刚建成，还有很多物品尚未就绪，蒋碧微只想守在自己家里。

不久后一天，蒋碧微突然接到寿安的电报，通知她丽丽离家出走了。这个消息犹如晴天霹雳。她拿着电报的手不停地抖。蒋碧微向来是拿得住事的，这么多年什么大风浪没见过，但是今天遇到女儿的事，竟不知所措起来。她瞬间流下悔恨的泪水，当年同徐悲鸿离家出走，给父母双亲带去的痛苦，如今真的全都报应在自己身上了。她的任性，也在这些年的潜移默化中深深影响了女儿。这何尝不是自己的罪过呢？

蒋碧微不知道要怎样处理这件事，想到女儿一个人不知去了何地，心中无比地不安。这时，她唯一能想到也可以依靠的就只有张道藩一个人了。她打电话给他，还没开始叙述事情，就已经哽咽得发不出声。张道藩赶忙坐车赶到蒋碧微家里，一边安慰她，一边思考解决办法。最后两人决定，由张道藩陪伴她先到上海将事情的来龙去脉问清楚。

第二天一早到了寿安家中。寿安也是十分不安。毕竟蒋碧微将女儿托付给他，如今孩子走了，寿安也是有责任的。他满头大汗，叙述着丽丽出走的经过。当天，丽丽正在家里洗脸，一个女孩子到家里来找丽丽，两人悄悄说了几句话就走了。收拾完毕，丽丽去找之前约好的蒋碧微的侄女。两人在街上逛了一圈，丽丽又突然说要去找同学，急急忙忙坐车走了。从此就没有人见过她，也没见她带走任何行李。

　　蒋碧微听后，脑袋浑浑噩噩。到后来大家七嘴八舌地说着什么，她已经听不进去了，只知道女儿这是真的离家出走了。她身边唯一的亲人，如今都弃她而去了！

　　冷静下来之后，蒋碧微在上海报纸上刊登了启示。启示中说明，要女儿无论在哪里，都要给家里一个消息，她随时期盼女儿回家。张道藩也在调查统计局找人帮忙寻找，但是一直都不曾有消息。

　　等了一些时日，见还是没有女儿的消息，蒋碧微回到了南京。再次回到空荡荡的家里，她泪如雨下。伯阳走了，丽丽也走了，她最亲的人都走了！而此时唯一能给她安慰的，就只有张道藩了。

　　一九四九年一月，又遇时局动荡。此时张道藩已经将素珊母女送到了台湾亲戚家，准备长住。他与蒋碧微商量，既然南京不宜久留，两人先到杭州，然后再去福州或广州，最后实在无处可去，就去台湾居住。蒋碧微答应了。

　　在杭州的这一段时间，虽然局势动荡，安全都恐怕成了问题。加上丽丽一直没有消息，让人担心。可是蒋碧微与张道藩日夜相守，总还是觉得十分惬意。他们终于可以每天看见对方，不再患得患失，心也踏实下来。两人虽然年纪不小，好在身体状况尚好。闲暇时，他们像两个小孩子一样，欢天喜地地游山玩水。

　　和徐悲鸿在一起时，蒋碧微觉得自己从一个十八岁的少女，瞬间变成了要为柴米油盐操心的庸俗妇人，每天攥着有限的钞票算计着。还要为了鸡毛蒜皮的小事与丈夫吵个天翻地覆。而那时的她，没有权利不去庸俗。可是在张道藩身边，蒋碧微可以任性得像一个少女，仿佛自己重回了十八岁。她还是那个可以在父母怀里肆意撒娇的棠珍，她可以将高兴不高兴就摆在脸上等着人来哄，她可以把她全部的感情，毫无保留地放在一个人身上。她觉得，这才是她自己！

直到一九四九年四月，张道藩在广州工作，蒋碧微同姐姐，带着坤生和同弟到了上海。听从了张道藩的建议，准备迁居台湾。她先是找到虞君质先生，向他打听了台湾如今的情况，并计算一下几人在台湾生活所需要的费用。蒋碧微写信给张道藩告知自己准备动身。张道藩抽空赶回了上海，帮他们几人准备去台湾的事宜。几经周折弄到了船票，这时虞君质从台湾来了消息说已经找到合适的房子，全部修缮之后只需要五百美金，房子位置和环境都很好。一切准备妥当，蒋碧微劝张道藩早点回广州去，因那里还有诸多事务要处理，可张道藩无论如何还是不放心，非要留下再陪她几天。直到广州方面不断催促，张道藩才依依不舍走了。走之前，他到资源委员会为蒋碧微买了一台收音机。他说到了台湾，人生地不熟，担心她会寂寞，用这台收音机陪伴她。蒋碧微感动不已。

到了出发当日才发现，轮船已经挤满了人，别说找一个铺位，就连睡在甲板上也快没了位置。蒋碧微十分着急，心想这种情况总不能让自己睡在过道上吧？幸亏来送行的沈左尧先生想了办法。他找到一位水手，给了他二十块银元，买下了他的铺位。蒋碧微找到那个铺位，虽说在角落里，又狭窄，不过好在有一道门帘，与大统舱分隔起来，床头还有一个面海圆窗。而坤生、同弟还有王司机也总算找到一处能休息的空地。就这样四个人一路极为疲劳地抵达了基隆。虞先生带着蒋碧微几人到了他们居住的台北新家。蒋碧微对这个简洁舒适的住处相当满意。而最令她高兴的，莫过于刚刚到了台湾，就收到了张道藩航空快递来的信件。这真是一个不小的惊喜！

　　这是蒋碧微在台湾收到的第一封信，内容如下：

　　雪：

　　二十六日早晨匆匆离别，无时不在为你忧惧，由于种种推测和幻想，使我心神不定，忘寝废食。朋友都说我满面病容，劝我休息，我却整天走投无路，不知所措。每一想到假如你不能安全离开上海，我就是不自杀也会忧闷而死。到今天我才知道爱你的深切，简直无可比拟。直到昨天下午五时，同时收到左尧的来信和电报，听说你二十八日已经平安登上海黔轮，我这才算放下大半个心，稍微觉得有点快慰，现在只盼望你能够安全抵达台北，那就是我莫大的幸事了。

　　我到广州五天，因为一个月来过于疲劳，再加上为你担心忧虑，随时都有病倒的可能，所以五天来除了万不得已非我参加不可的会议，我绝不拜访或是接见朋友。整天蛰居在斗室之中，让我的心神全部集中在你身上，并且时时盼望有关你的消息。昨天下午果然收到了沈左尧的函电，也许这就是"苍天不负苦心人"吧。

二十六日我和谷君抵达龙华机场后，直到下午三点一刻才起飞，晚间八点半左右降落广州白云机场，由中国航空公司的大客车送进城，我取了行李搬到旅馆，时间已经是十点多了。在旅馆里住了两天，因为太闹，而且自己心神不宁，睡不成觉，二十九号改往交通银行二楼宿舍。宿舍人不多，虽然比旅馆清静，但是窗户外面就是大马路，车辆行人和广播扩音机的嘈杂声浪，从早晨七点到深夜一时，一直吵个不停，因此还是无法成眠，现在只好希望多住些时或许能够习惯一些。昨天朋友介绍去看房子，两卧一厅的中上等洋房，有卫生设备和小厨房的，每月租金要港币三百元，预交八个月房租，实际上却只能住六个月，其中两个月的房租叫草鞋费，算是租客白白牺牲，照广州目前的情形，像这样的租价还不能算贵，我们去的时候，早已有人捷足先登了。

我在这儿吃住都成问题，如果能够租到房屋，找两三个单身朋友同住同开伙食，既经济而且也安静，可是就不知道能否如愿；今天我才晓得英法各国的民家，拿多余房屋租给别人的习惯确实大有可取，可惜我国大都市都还没有这种风气。至于立法院的宿舍，我是不想去住的，因为几十位委员住在一起，很容易闹事非，同时也无法得到安闲，其结果一定是得不偿失。

据在台北广州两地住过的朋友说，台北生活比广州安定，尤其屋价便宜，我希望你不久就可以在台北住的习惯，那将是我莫大的幸事了。我想等到立法院副会，同时确知蒋公住地后，再到台湾一行，预计十天以后，我们也许可能在台北见面呢。

张道藩的信总是温暖如艳阳。刚到异乡的蒋碧微觉得没那么孤单了。想到或许十几天以后又可以见面，蒋碧微看着外面陌生的街道，都好像美好了起来。她整理好物品，走上街去。她要尽快熟悉这里的一切，等到她的道藩来这里之后，就可以带他畅游一番了。

可是就这样等了许多天，张道藩的信一封接一封地来，却始终不见人。在信中，张道藩对蒋碧微的生活细节极为关心，全然不在意他自己已是吃住都犯愁的人了。蒋碧微每日的生活就是等待、等待、等待。这样等到五月二十六日，张道藩乘飞机翩然而至。

他又瘦了一圈，看上去苍老了许多。这些年随着年龄的增长，很多中年的男性好友都发福不少，唯有张道藩却是一年比一年消瘦。他的公务极为繁忙，加上总要各地地奔波。但他总是说，忙里偷闲能和蒋碧微相聚，就是他人生中最愉悦的事情。

到达台北，张道藩第一件事便是去参观蒋碧微的住处。看着舒适的房间，张道藩露出满意的微笑，之前对蒋碧微起居方面的担心确实是多虑了。夜里，一轮明月升起，将幽暗的街道照得明亮起来。月色是如此的柔和，让人心生柔情。张道藩忽然牵起蒋碧微的手，沿着长廊一路走到院子里。月光下的庭院如同仙境一般。两人见此景象，都按捺不住内心的激动，将手握得更紧了。

这些年来，他们的情感世界就像是一个岛，一个属于他们的孤岛，一个被他们寻求、向往了不知多少年的岛。

如果有那样一个美丽的岛，可以与爱人幸福快乐地生活下去，也算是上天赐给他们的补偿，在无穷痛苦悲哀之中，煎熬了十几年的补偿。

"补偿"这个词，让蒋碧微心里一颤。这十几年，真的是尝尽了苦楚。从最初在巴黎，张道藩对自己的贴心照顾，就已经有人私下里传言他们二人有着某种微妙关系。那时候蒋碧微和徐悲鸿夫妻关系还不错，为了避免他人误会，蒋碧微会注意言行，也免得给张道藩惹了麻烦。但其实张道藩算是从第二次见面开始，就对蒋碧微有了好感。后来两人写信联系，张道藩每一封信都写那么长，哪怕蒋碧微有时只回复百字左右，他也写千字的长信给她。直到一些朋友知道他们的关系，风言风语自然是少不了。这时蒋碧微压力是最大的。她要顶着旁人的说三道四，还要担心伯阳和丽丽如果知道的话会是什么反应，还有父亲当时也和她一起居住。种种的这些来自四面八方的压力，都像发生在昨天一样历历在目，她怎么可能忘记呢？这十几年，她是怎么过来的，只有她自己知道。

再说张道藩。他们认识的时候，张道藩还是单身的年轻小伙子。自从爱上了蒋碧微，他的情感便一发不可收。以他的条件，身边美女如云，名门望族的千金小姐任他选，可他偏偏就爱上了已婚并且生育过两个孩子的蒋碧微，而且爱得不能自拔。

在他们的关系还不能对外公布的时候，他无可奈何选择和一位自己并不爱的女人结婚,而这一段婚姻,带给他的没有幸福,只有压力。因为有了婚姻,就等于有了责任。有了责任,他之后所做的发自内心的也好,任性的也罢,所有的事,就都是不应该的。素珊是个善良的女人,但是再善良的人也无法忍受自己的爱人明目张胆去爱别人,甚至后来到了毫不掩饰的地步。所以为了这件事,这个柔弱的法国女人也没少和张道藩闹。另外,张道藩毕竟是个有头有脸的人物,他与蒋碧微的纠葛,一直被世人所诟病,对他产生了很不利的影响。这所有为了爱情而失去的东西,如今是不是该给他们补偿了?

在台北住了几天,张道藩去了一趟高雄,因为素珊与丽莲在那边已经住了半年了。只逗留了两三天,就迫不及待返回台北。他每天忙着帮蒋碧微布置新家,他们一起逛家具店,采购家居用品,挑选零零碎碎的小东西。这些生活的小乐趣,张道藩倒是第一次体会到,他发现原来接地气的生活很美好。当然,这美好生活的前提是,有蒋碧微在身边。

就这样一直下去该有多好!蒋碧微与张道藩像夫妻一样在台北居住了许多年。后来听说徐悲鸿带着伯阳以及廖静文和孩子生活在北京,不久后徐悲鸿去世。蒋碧微听到这个消息,还是有些悲痛的,毕竟那是她两个孩子的父亲。而伯阳始终没有联系过蒋碧微。关于丽丽,蒋碧微也只是听说她后来结了婚,还生了几个孩子,仅此而已。蒋碧微一生中的两个孩子,在她的晚年都没有陪在她身边。

而蒋碧微的姐姐后来亦死于肝病。她一生为了几个孩子而操劳，好不容易熬到抗战胜利，却也没有享过几天的福。唯一值得庆幸的是，她嫁了个好男人，姐夫始终待她甚好。

张道藩一直在台北与蒋碧微同住。素珊对他们二人的关系也只好睁一眼闭一眼。不过他们之间毕竟还有个女儿，张道藩虽然对素珊没什么感情，但还是尽力对这个家庭负责任。一九五零年，素珊的姐夫因工作关系调往澳洲东部的法属新卡利多利亚岛。据说那里气候怡人，安定繁荣，十分适合居住。素珊决定带着母亲也一道跟过去。张道藩特意去了高雄送她们启程，就这样，素珊带着女儿在那边定居了十年之久。

「 别离 」

一腔爱恋暗藏心头

　　一九五四年，对于蒋碧微和张道藩是不平凡的一年。张道藩在这一年当选"立法院院长"。可是也是从这一年开始，他由于繁重的事务，身体每况愈下。张道藩心思缜密，在任何位置都游刃有余。可是不是所有人都知道，他在事业上的进步，也是以牺牲健康作为代价的。

　　最开始是喉咙出现问题入院治疗，在蒋碧微的日夜照料下有所好转。但是对张道藩影响最大的要属胃下垂这个问题。胃上的病可以说是最累人的。蒋碧微为了给他把胃养好，特别注意他的进食。一方面必须按时，另外还要注意营养均衡，软硬适度，一点也马虎不得。当时台湾盛行温灸器治病，蒋碧微便日日替他小心烧灸。除此之外，张道藩因为这个病，常年要穿上海百货公司出售的那种背心短裤相连的内衣。可是蒋碧微找遍了台湾，也买不到那种内衣。无奈之下，蒋碧微只好用最老的办法，将他穿破的旧内衣拆成一块一块，再用新布剪裁成同样大小的许多片，然后缝合在一起。每做一套都极费神费时。而这样的内衣，蒋碧微前前后后给他做了四套。

张道藩喜欢在院子里乘凉。当时他们居住的地方院子里光秃秃的。后来蒋碧微想办法将屋子后面的空地租了下来，盖了两间房，并用心种了许多花花草草。后来天气热了，院子里四处都是蜇人的蚊子。张道藩讨厌蚊子，于是整日闷在客厅里不肯出来。蒋碧微又想办法弄来做蚊帐的罗纱，亲手缝制了纱帐。再找四根整齐的竹竿在四角挑起，里边再放上藤椅和桌子。这样，张道藩便乐意在里面读书看报了。

其他的事情都不必一一细数，在蒋碧微与张道藩一起居住期间，她对他，就是真真切切的一个妻子对待丈夫那样细心体贴。她爱他，已经远远超过了爱自己。任何事出现时，她都是先想到对方，先给对方方便，先给对方最好的条件，然后才是自己。两人在一起多年，虽说也有磕磕绊绊，但一直还算是恩爱的，因为他们二人都知道，这段感情来之不易，能在一起生活，更是上天对他们最大的恩赐。这一路走来有太多的不易，因此他们都十分珍惜。

可是在张道藩担任"立法院院长"之后，也可以说在他身体状况不如从前的时候，他整个人性情大变。特别是需要卧床的那段时间，张道藩常常无缘无故对蒋碧微发脾气。由于常年思虑过度，张道藩患上失眠的毛病，导致神经衰弱，性情反复无常。而唯一在他身边侍疾的蒋碧微，便成为他发泄情绪的出口。可是蒋碧微又怎么能和一个病人认真？她也只好隐忍着。而每当张道藩身体好转，他又想起蒋碧微的好来，觉得自己不应该伤害爱人，就又开始对着她笑，仿佛一切都没发生过一样。每到这时，蒋碧微就觉得之前的种种付出都值得了。

日复一日的从吵架到和好如初，再稳固的感情，也受不了暴风雨一次次的洗礼。蒋碧微与张道藩之间，逐渐产生了隔阂。虽然他们两人都不愿承认，可事实摆在眼前，他们的感情确实不像之前那般牢固了。争吵越来越频繁，吵得也越来越严重，甚至各种难听的话也都说过了。

感情最经不起的，就是恶语相向。

一九五八年底，张道藩和蒋碧微商量，他想去新卡利多利亚，探望多年未见的素珊和丽莲。当他说出这个提议时，蒋碧微内心就有了准备。她想，或许这一次，真的要失去他了。

「 回首 」
与一切悲酸告别

其实对于张道藩的离开，蒋碧微是有预感的。虽然两人一直没有法律上的婚姻，可毕竟在一起生活了许多年，早已没有了激情。甚至在最后的几年里，两人不乏争吵和冷战。这样的关系，早已脱离了他们的预想。

只是对于这样的结局，蒋碧微是能够平静接受的，她从未想过要长久占有他。在他们确定恋情的初期，张道藩总是在长信中强调要获得"自由"，他要与蒋碧微一起生活，像平常夫妻那样。他还要蒋碧微"做决定，下命令"，以使他们正式公开情人关系。可是蒋碧微没有那样做。即便是在和徐悲鸿彻底决裂，再无复合可能之时，蒋碧微也没有想过要和张道藩相守到老，原因只有一个，就是张道藩有妻女。同样作为女人，蒋碧微尝过自己的家庭被拆散的滋味。素珊是那么善良单纯，蒋碧微不忍心去伤害她。何况他们还有孩子。蒋碧微始终觉得，自己没有经营好与徐悲鸿之间的婚姻，这件事对伯阳和丽丽影响极大。因此她不想再做一个影响他人婚姻的人。她想，不管自己多爱张道藩，迟早是要将他还给素珊母女的。

与张道藩的结合，蒋碧微始终内心是喜忧参半。她对张道藩投入了全部的爱，可是她又清楚他在将来的某一天会离开。

她曾恨自己没有勇气脱离他。要是有办法能够让他们这段感情归零，彼此忘记，不再记挂，她也是愿意的。当然，这是她一时赌气的情绪，因为她心里总是患得患失。她无法回避素珊的存在，如果有一天张道藩回到素珊身边，那也算是对她的惩罚了吧。

只是，人都是贪心的。更多时候，蒋碧微只想能将爱人留在身边，多一天，再多一天……

在蒋碧微的预料之中，张道藩对于此次出国，还是踌躇不定的。他担心一个问题，如果到了新卡利多利亚以后，素珊她们提出想回台湾的要求，要用什么理由拒绝她们呢？

他跟蒋碧微说起这个疑虑，她没有回答，只是平静地微笑看着他。蒋碧微知道，张道藩是舍不得她的，但既然他这样问了自己，说明他还是有打算将素珊母女接回来的。只不过这样的决定，最终还要蒋碧微表态才行。

蒋碧微不忍心爱人发愁，因此她在心里暗暗下了决心。她和张道藩说，自己想到外甥家住一段时间，要他替自己办理出入境手续。她这样做的目的，是希望两个人分开一段时间，让张道藩冷静下来，好好考虑他们几人之间的关系，然后做出不致将来后悔的决定。

张道藩听了蒋碧微的决定，没有赞成，却也没有反对。或许他也深知自己需要一个时期冷静一下。他帮蒋碧微办好了出国手续，也将自己去澳洲的手续办好。蒋碧微走后，叫佣人把信给张道藩。她在信中冷静声明：一切该说的话早已说过不知几十百遍，他应该了解她的心情，使他们的家庭完整，是她过去十几年来一成不变的原则。她诚恳希望他以理智的抉择，答应她最后一个要求：待她从南洋回国，他们必须分开。

启程那天，寒风凛冽。张道藩和几位亲友到机场送行。当时佣人还没有将信给张道藩，因此他还不知道蒋碧微这时已下定决心和他分开了。但是来送行的其他人都清楚，他们这一别，有着深刻的意义。蒋碧微倒是坦然，她想，若是张道藩有心留她，无论她怎样坚决，他都不会替她办理出国手续。她的离开，无非也是给自己找了个全身而退的借口。

在蒋碧微出发之后一个星期，张道藩动身去了澳洲。

蒋碧微一路奔波到了马来西亚，路上受到好友的诸多照顾。在吉隆坡，见到了外甥一昌，见他一家人环境不好，可是蒋碧微能力有限，没办法过多帮助他。最后她决定，将一昌孩子们的其中两个带回台湾，这样一昌可以减轻一些负担，孩子也可以接受好一些的教育。

这一行，走了四月有余。在五月二十四日这一天，蒋碧微带着两个孩子踏上归程。当飞机降落，蒋碧微走下机梯，发现前来接机的人群当中，除了众多亲友，张道藩也在。她没有想到，会有这么多人来接她。在和众人一一握手致谢之后，大家分几部车，一起来到蒋碧微住所。张道藩和蒋碧微同一辆车，不过身边还有他人，他们没有过多交流。

回到家，张道藩象征性地坐了一会儿，就借口有事起身告辞。蒋碧微觉得他眼神有些躲闪。不过这也很正常，他与蒋碧微如今的关系，还没有说明白到底是分是合，还是有些尴尬的。其实蒋碧微出行多日，一直牵挂着张道藩，担心他的身体状况，同时也急切地想知道他最后的决定。虽说出国之前已经说好，回来的时候两人必须分开，可是蒋碧微仍然抱有一丝希望。她希望张道藩能为了她坚持，她希望张道藩对她说：我绝不会离开你半步。可是今日回来，张道藩的表现让她看不出结果。所以她此刻还是有一点紧张的，便假装不经意地像朋友打听，张道藩这是有什么急事，匆匆忙忙地就走了？

朋友告诉她，张道藩已经在三天之前，搬到和平东路他新租的房子里去住了。虽然心里有了一些准备，但是听到这个消息，蒋碧微还是心里一沉。张道藩搬走，说明他已经决定离开她了。他果然像她要求的那样，选择了家庭。"啊，那很好。"蒋碧微强颜欢笑，实则内心暗流涌动。

当天晚上，张道藩的表叔请蒋碧微吃饭，加上几位好友家人陪同。原本说张道藩也会来，可是开席后他的姑姑说，道藩心里正难过，恐怕撑不住，想想还是不来的好。蒋碧微怅然。

吃过晚饭，还是放不下心，蒋碧微和众人商议去看一看张道藩。可是蒋碧微担心张道藩见到她，会难过落泪，被这么多人看见了影响他的形象，于是先拨了电话。一听见蒋碧微的声音，张道藩便失控地哭起来，像个受了委屈的小孩子一样。

蒋碧微心中焦急，想要去看他，但张道藩带着哭腔拒绝了。他要给自己一段时间，然后面对这一切。他告诉蒋碧微不要担心，当他调整好情绪，会去找她。

第三天，张道藩真的来到蒋碧微住处。两人相对而坐，恍若隔世。

这一切都按照蒋碧微的意思完成了，张道藩苦笑着，蒋碧微平静以待。走过大半生，蒋碧微早已懂得，此刻应该平静接受一切。他若坚持，她又怎会舍得放手。表面来看，这一切是蒋碧微自己的选择，可从头到尾，其实是张道藩已经做出了选择，不是吗？

可是现在说什么都没有意义了，他们的这一段恋情，也宣告结束了。之后两人聊一些今后的打算，再没有提从前的事。而在这个夏天，张道藩还会经常约蒋碧微和她带回的两个孩子到阳明山避暑。两个孩子去游泳，蒋碧微与张道藩还是在那幢房子里休息，聊天，像老友一样。到了晚上下山，各自回家。

不久后，蒋碧微卖掉了花园的那块地皮，将自己的一些欠款还清。从此以后，她靠着与徐悲鸿离婚时所得的画换钱为生。

一九六零年四月，素珊带着丽莲回国，张道藩带着家人搬入了新居。蒋碧微派人送去了三束鲜花，并且私下给张道藩送去了最后一封信：

宗：

我曾有过这样的想法：自从我被悲鸿遗弃以后，如果没有和你这一段爱情，也许我会活不下去。然后在这二十余年缠绵悱恻的生活里，多一半的时间我都在自怨自艾，为什么还要重投情网，自苦苦人？

但是我现在感到非常满足，不仅由于一切的凄怆、悲酸、矛盾与痛苦，都已成为过去，而且，我十分感激你给了我那么多温馨甜蜜的回忆。我的一生还算是幸运的，因为我曾享有你热烈深挚，永矢不渝的爱。"海枯石烂，斯爱不泯"，我希望这一段恋情，真能留传下去。

我认为你也应该毫无憾恨，撑过那么些年人前强笑，泪洒心田的日子，上苍毕竟赐予我们这么多的补偿，我们还能不知足吗？二十年前你的愿望和预言，果然全部实现，你曾说："倘使真有上帝，真有爱神。我想我们今生今世，在未死之前，一定会得到一个有利的时间和环境，来安慰我们的。""只求我们俩能漂流到一座小岛，尽一日之欢，然后双双蹈海而死，死而无憾！"宗，有利的机会与环境十年前就奇迹般的降临了，我们等于再世为人，有整整十年的时间晨昏相对，形影不离。在迟年伤暮的时候，却竟绽放了灿烂的爱情花朵。十年，我们尽了三千六百五十日之欢，不顾物议，超然尘俗。我们在小园斗室之中，自有天地，回忆西窗赏月，东篱种花的神仙岁月，我们对此生可以说已了无遗憾。宗，我每每想到我们所处的环境，以及你为了爱我所表现的牺牲精神，你确已使我获得莫大的荣宠和幸福，没有人会怀疑你对我的爱不够挚切，不够忠诚！

四十多年前我们初相见时，大错已经铸成，"恨不相逢未嫁时"，古今中外，有多少宿命论者在这样的爱情悲剧下饮恨终生。然而临到你头上，你便像追求真理般锲而不舍，你和我用不尽的血泪，无穷的痛苦，罔顾一切，甘冒不韪，来使愿望达成，这证实了真诚的人性尊贵的爱情是具有无比力量的。现在我们再回顾四十年来的重重劫难，不是可以靦然相向，会心一笑吗？宗，你该晓得我是多么佩服你的果敢和坚毅！

现在好了，亲爱的宗，往事过眼云烟，我们的情缘也将届结束，让我们坚强一点，面对现实，接受命运的安排，在我们生命中最重要的情爱问题必须告一段落，好在我们已经有了弥足珍贵的果实。希望你，不必悲哀，无须神伤，你和我都应该感谢上苍，谢谢它对待我们的宽大与仁慈，甜美的回忆尽够厮伴我们度过风烛残年。

欢迎素珊和丽莲的万里归来，祝贺你们乔迁新居，重享天伦之乐，素珊的细心熨帖，将会使你的桑榆晚景，过得舒适安谧，请你平抑心情，恢复宁静。不必再惦念我，就当我已振翅飞去，永不复回。

我将独自一个留在这幢屋子里，这幢曾经洋溢着我们欢声、笑语的屋子里，容我将你的躯体关闭在门外，而把你的影子铭刻在心中。我会在那间小小的阳光室里，沐着落日余晖，看时光流转，花开花谢，然后，我会像一粒尘埃，冉冉漂浮，徐徐隐去。宗，天下无不散之筵席，我还是坚持这么说：真挚的爱无须形体相连，让我们重新回到纯洁的爱之梦中。宗，我请求你，别再打破我这人生末期的最后愿望，我已经很疲累了，而且我也垂垂老矣！

虔诚地祝福你和素珊，以及可爱的丽莲，恕我不能向你道再见了。不过，最后的一次，让我向你重申由衷的感激！

雪

蒋碧微在离开张道藩之后，始终居住在台北，直到病逝。这期间整整二十年的时间，她始终一个人生活。一九六四年，蒋碧微发表了回忆录。而张道藩则在一九六八年病逝于台湾。

蒋碧微之子伯阳自从一九四七年在南京和母亲相处一个月以后，便一直没有与其联系。直到一九七八年前后，伯阳写信给母亲。他告诉蒋碧微，看了她的回忆录，想起了很多小时候的事情。而如今，他已结婚，有两个儿子，大儿子十九岁，小儿子十岁。当时伯阳已是成熟的中年人，他与妹妹丽丽这些年始终没有侍奉在母亲身边。虽然早些年他们对一些事的立场不同，但如今一切是非都已成往事。

伯阳希望将母亲接到身边，和全家人一起团聚，让母亲能够安享晚年。这封信经过多人之手，辗转送到蒋碧微手上。

蒋碧微收到信后，内心久久不能平静。伯阳与丽丽都是蒋碧微生命中最重要的人。这么多年，两个孩子都不曾与自己联系，蒋碧微十分痛心。无论她与他们的父亲之间的恩怨情仇孰对孰错，是是非非都且让后人评论，蒋碧微始终希望两个孩子能够理解她、接纳她。

于是蒋碧微怀着无比激动的心情，给伯阳写了回信，这或许是她此生写出的最后一封信：

伯阳：

收到你的信和你们全家的照片，看了以后，我有无限的感慨和伤痛。三十多年的离别，你的容貌，似乎已不是我所记忆的儿子了。你为什么这样瘦？你身体不好吗？数年前沈宜甲先生回国，率领你和你的妻儿们到你父亲墓上去吊祭，他曾把所摄的彩色照片寄给刘大悲先生，刘先生拿来送给我。看过以后，我就觉得你瘦得和以前完全不同了，至于你的妻儿，那都是我没有见过的。我只觉得你的小儿子很像你十几岁的模样，可爱极了。我怕的是今生今世还能不能再见到你和我从未见过的媳妇和孙儿一叙呢？因为我已是八十高龄，身体多病，还能活多久是不能预料的。我只希望你夫妇和两孙能申请到香港一行，我也会到香港去和你们欢聚。这是我有生之年唯一的希望了。

同弟现在有一个儿子，名叫史南仲，已经 28 岁了，他的父亲史坤生，我想你一定也记得，他不幸在 1942 年去世了。史南仲已经结婚，而且也有了两个女儿。同弟已经再婚，她的丈夫就是王瑞中，我想你也会记得老王这个人的。同弟、老王他们看了你的相片，都高兴得不得了，他们也希望见到你。

你的来信说你读了我的回忆录，令我非常惊奇，你从哪里得来的？我很好奇想知道。不再写了，祝你们全家快乐健康！

　　　　　　　　　　　母字 1978 年 10 月 17 日

　　　　　　　　　　　同弟、老王嘱笔问候你们。

本来多年未联系，如今通了信，对伯阳和对蒋碧微来说都是喜事。可据台湾的一位伯阳的表兄说，蒋碧微收到伯阳的信以后，根本不是高兴，而是每日焦虑、烦躁，这种情绪一直持续了两个月，直到她去世。伯阳对此十分懊悔，他常常觉得，正是自己的这封信害死了母亲。

可是也有人说，正是伯阳的这封信，让蒋碧微此生了无遗憾，才安心地走了。

走了，那些热热闹闹，那些冷冷清清，都跟着烟消云散。想不到一辈子，就这样转瞬即逝了。

感情没有对错，人生没有是非。从义无反顾跟随徐悲鸿出走的那时开始，蒋碧微的一生，开始沉浮在感情的波涛中。

爱过，被爱过。

恨过，被恨过。

一生追寻，一生磨难，最后，化为命运的一个拈花。

后 记

　　1964 年，蒋碧微发表了五十余万字的回忆录《蒋碧微回忆录》，分上下两册，分别为《我与徐悲鸿》及《我与张道藩》，被称为"中国第一部女性自传"。对于她生命中最重要的两个男人，她爱过也恨过，都曾轰轰烈烈。最后，如她所说："五十年的前尘往事也不是过眼云烟，因为每一幕都有我自己的血泪。"

　　正是这样的她，得到过很多，也失去了太多。1982 年，蒋碧微的儿子伯阳从香港奔赴台北，来到位于阳明山第一公墓的蒋碧微墓前。蒋碧微的墓碑上，没有儿、女、孙儿、孙女的名字。她去世之时，身边没有一位亲人在场。